楊索

# 我那賭徒阿爸

獻給祖父母

楊大川先生、楊黃竹西女士

# 目次

【推薦序】

# 回頭凝望

黃錦樹

當我回頭凝視和父母共同走過的歲月之路，我看見那條路不僅我們同行，在周圍也有許多來自縱貫線的出外人，他們和父母一樣，都是懷抱青春夢來台北，然後在先天不足的競逐條件下，淪為社會墊底布幕。

——楊索〈後記〉

楊索的第一本散文集《我那賭徒阿爸》已經是台灣散文史的小經典了，其實不需要我來多說甚麼。這本書的長處也相當直接：它不是文人散文，沒甚麼裝飾音，沒有太多的修辭華彩，沒有多少互文（來自名著的格言警句）。它的文字風格毋寧是粗礪而直接的，這正是它力量的來源：書寫是為了回應生命經驗本身。

這本書也應是境內移民「插枝」台北、底層女性生命史的重要篇章。六〇年代台灣經濟轉型後，台北縣成了學者所稱的「落腳城市」，許許多多中南部農民子弟北上逐夢，沒有資本、學識、特殊技能，甚至一技之長的，就只能從事一些最簡易的買賣（譬如當攤販）。如果生活管理不善，那很快就會墜入人間地獄，一輩子（甚至好幾代）都難以翻身。《我那賭徒阿爸》中的父親就是這樣的最佳男主角，集中了各種負面素質（賣掉祖產賭光光，生太多小孩，沒有做生意的才能，一直賭），這些負面素質牽動、甚至從此決定了一家人的命運。

這散文集有一點像寫實的長篇小說（雖然組織不是那麼嚴密，人物和場景的外部描述較簡略，且僅局限於一個家庭）：有一個特大的主人公（那父親，多具有精神分析意味），幾乎在每一篇都出現，即使他不在場也在發揮作用；有一個敘事者，他（她）保持了敘事的一致性。每篇散文之間的細節是互補、相互印證的，有些細節甚至會重複被敘述。她有時是另一個主人公，訴說著自己成長的酸辛；有時藉由她的限制觀點，帶出另一個主角的故事，譬如〈混亂與早期的煩惱〉的屘叔與玉姨，幾乎是個獨立的、肌理豐富的故事，關於愛與遺棄。

家人慘烈的牽絆，貫串了整本書。

就「故事」而言，〈這些人與那些人〉及〈我父親的賭博史〉兩篇幾乎就以不同方式概括了一家三代的故事，其餘逐篇是特寫似的展開，或特寫不同的生命階段。

〈回頭張望〉寫永和勵行市場擺攤的時期，〈沉默之聲〉特寫發瘋的祖父與溫暖的祖母，〈熱與塵〉寫「我」的打工史，〈迷霧之街〉寫夜市賣油湯的私史……，總體而言是兩個交纏在一起的敘事：父親的人生失敗史和「我」決定離開那個世界以尋找自己未來的成長史。

不斷賭博、生意一再失敗的父親，不斷懷孕生孩子的母親，負負得負的沉到底。

孩子一旦生下來彷彿就先天的有了意義，但也可能不過是悲慘、絕望的活著；賭博可以最快的速度把他們的未來預先給輸掉。於是家的陰影一直輾壓過來，但女孩掙扎著、傷痕累累的在時間的推移中長大了。雖然她不斷的承受傷害（甚至是父親直接的肢體暴力），被迫過早的承擔家的重擔、甚至可說是承擔一整個世界。她失去的童年、失去的少女歲月都不可能贖回，生命不斷的被擠壓以致必須提前思考命運是甚麼、人生有何意義，必須提前為自己做出重大抉擇，以免連未來都失去：

「十五歲那年，我決定跨過橋，去尋找我的人生。最重要的是，我決定拋棄和父親的小販生涯綑綁在一起的年代。這項刺激是來自眼見父親在酗賭、小販的角色中游移，最後經常是我在收攤，而我清楚地知道，那是他的人生，不是我的人生。」

那樣的決斷並不容易，因為必須拋下更年幼的弟弟妹妹，還是會有負疚感的，那將是一生的良心負擔。因此這段文字不無辯解的意味，預示了《惡之幸福》的路徑。

甚至父母的不斷賭博、不斷懷孕，對敘事者而言都有點難以理解（在那尷尬的年代也無暇、無從理解）：那究竟是種怎樣的生命動力？是出於絕望，還是對絕望的反撲？賭博和懷孕，在某個瞬間，是不是也象徵了希望——因為有歡愉——微渺的希望，像夢一樣。他們是否藉此喚停時間，即便是非常短暫？

就文章而言，雖然有著草根的粗獷，但楊索也並非不講究技巧。寫家族裡第一個可悲的失敗者阿公，「魂魄和身體分了家，我夢見一個無頭的軀體在流浪，阿公的頭顱躺在濁水溪的西瓜田裡。」（〈沉默之聲〉）這畫面就非常生動而富象徵意義：這首與體的分離，是不是可以概括第一代插技人在台北無家可歸、對故鄉戀戀難返的撕裂？「我父親的攤販年代，幾乎可以用魚的時期、花的時期、菜的時期來給我媽媽的懷孕做記號。」（〈回頭張望〉）則有點苦澀的俏皮；〈暴風半徑〉以不同的颱風來對映自己的人生，頗見巧思。

如果借用羅蘭·巴特的攝影理論，這些散文可說刺點處處，最著者如〈迷霧之街〉中那個想打電話卻沒打成的啞巴，「夜市散掉後，他去了哪裡，並沒有人知道。」

＊＊＊

因為來自底層，有著切膚之痛，敘述者時而怨怒、時而憤世，那都是可以理解的。那是主人公與她那近乎絕望的世界搏鬥的紀錄。

整體而言，《我那賭徒阿爸》的主題是成長，也即是成長小說和電影慣見的主題。但楊索這本書的價值部分也在於經驗的稀缺性：真正居於社會底層的人，很少能為自己的階層發聲。而一旦能發聲，又表示他已從那底層脫身了。脫身之後，帶著回顧性的目光，方能有一個距離（不論是情感的，還是審美的）讓她回望。這一回望告訴讀者，敘述者「我」是怎樣從底層的絕望裡脫身的，因此它可能憤懣的清算、總結，但也可能是個勵志故事。不論怎樣，它必然是一趟自我療癒、自我分析之路。再者是，敘述者告訴讀者，「我」有一個近乎絕望的背景，那背景仍然是活生生的，現實存在的；有具體的、可以覆按的地理座標和物件（譬如永和、夜市、攤販、油飯），仍然有那麼樣的一群人在那底層打滾，在貧窮線的邊緣。更重要的是，「我」的家人仍深陷其中。

也因此，她幾乎必然代言了一個集體，這將是她後來寫作的倫理責任，她必得讓視野超出家庭，以凝視那嚴酷的人間。這種「我」與「我」的世界的連帶，〈這些人與那些人〉有一段講得很清楚：

「身為苦澀的台北雲林人，我們飄蕩的家庭終因時間推移，在大台北的邊緣聚落繁殖綿延，手足兄妹複製了父母的貧窮，艱難地在台北的灰塵中討生活。

放眼望去，從豬屠口那衰敗的老社區到三重埔的暗巷，有一群群和我們相似的蜉蝣殘渣，他們像父親一輩懷抱青春夢來台北，很快卻沉淪為墊底的社會邊緣人。」

這段將在〈後記〉裡更簡潔重現的文字，道盡了一個階級的心酸。這個「和父祖一樣揹馱著被詛咒的命運，漂泊在黑暗無情的台北城，依憑著血液中雲林人的硬氣，尋覓生命的微光」的「我」，藉由她的意志和努力、藉由書寫可能找到了自己生命的光，這光或許必須返照回陰暗的底層，縱使光度不是那麼強大。

但這種寫作會快速的消耗經驗性的材料，如果不設法拉出更廣闊的視野，楊索的寫作之路也許會大大的受限。昔日陳映真團隊的《人間》的路徑是很可以參考的，那或許可以在當前台灣已然過度文人化的中產品味散文之外，開出條新的路子。雖然，那是條人煙稀少的路。

二〇一三年六月二十四日，埔里牛尾

【自序】

# 漂浪之女

楊索

我仔細算過，在安定下來之前，我共住過三十六處地方，最短不過幾個月，最長如目前住處，已有十五年。

從童年起，我就十分動盪。父母不斷在小鎮搬家，有時臨搬之際，父親拿著一碗鹽向屋子四處撒，那似乎是儀式之一。搬到新家，要拜床母、地基主、土地公，供桌祭品、揉湯圓、煮湯圓，天真的小孩十分開心，穿梭在新住處裡外。

我開始厭惡搬家，是十三歲那年秋天，一天父親說，「袂梭厝了。」大家懨懨地胡亂收整，某日清晨，在鄰居的圍觀下，我們將有限的家具、爐具、衣物堆上三輪載貨車，父親騎著三輪車，我們姊姊、大弟幫忙推車，母親帶著幼小的弟妹跟在車後。

那勢必是一幅受矚目的景觀，我們甚至沒有好好梳整自己，穿上最好的衣服，就倉皇走上路程。我依稀記得，那是一個烈焰高張的初秋，那條路好長，我走得汗流浹背，內心茫然，但又並非完全不懂事，我身體僵硬，臉部線條繃緊。我們一家人彷彿被流放一般，要奔向未知的命運。

新家位於信義街的蜿蜒小巷末端，那是一棟古舊三合院西翼加蓋的簡陋房舍，我們一行人在鄰人的注視下，各自提著大小物件走入陰暗的房子。房屋有一條漆黑的走道，連著兩個房間，尾端是廚房，沒有客廳，也沒廁所。

相比過去在竹林路居住的房子，這裡像是牢房，潮濕帶有霉味的房間，似乎很久沒人居住，壁癌的粉屑掉落一地。屋子沒有自來水，用水要靠門口一具共用的幫浦，日常排泄要去遠處共用的蹲式茅房（那是我一生忘不了的惡夢）。

我們難堪又艱難地在此處住下來，那是我內在活動最旺盛的青春期。只要是醒著的時間，我腦中永遠有各式的想望，有許多關於未來的計畫萌生著，但更多的是每日增生如塵屑的煩惱。那段時期的我，總是緊蹙雙眉，眼神飄忽，我的課業掉入中後段，平時開始曠課、逃學。隔年，母親生下最小的弟弟，幼弟容易受驚，夜晚啼哭不停。我內心十分煩亂，太陽穴的位置經常發痛，感覺自己將要發瘋。

我們一家人彼此憎恨，時常爭吵、打架。我和大妹一起睡在鐵床上鋪，夏季的熱氣從屋瓦滲入，像燒得發紅的鐵屑流淌下來，流入我的體內，我被燒灼著，一種從心的底部產生的痛苦瀰漫全身，我恨不能就此死去。

我並不理解青春期的駭人之處，日夕易怒、狂躁，我隨時都像一頭受傷的野獸，想要反噬周遭的人。那時，唯有偶爾去同學家，沉湎於幾本文學刊物方可轉移我的憂傷（其實，我都還不懂憂傷的意義。）

許多年後，我方才知悉，人生最寶貴的青春期，就在此處消耗掉了，因為痛處太深，這段時日因而在記憶中停格，成為我成長後，反覆打撈的一處沼澤地。

國中畢業後，我就離家工作，身軀瘦小、營養不良的我，輾轉在各處人家幫傭，我進入一個個明亮、寬闊的房子或公寓，驚訝地看見不同的生活景觀。在一戶立委的家庭，女主人總是穿著睡袍，躺在床上讀瓊瑤、張愛玲的小說，我走進房間打掃時，她連頭都不抬。

有一戶人家，女主人讓我上桌一起吃飯，我小心謹慎地夾菜。女主人表現她的慷慨，幫我訂製和她兩個孩子一式的咯黃色襯衫，讓我們接近一家人，但我知道明明不是。

我是流動的火焰，內在一直不安、騷動。然後，我不斷換工作，遇見許多人，然而，我始終不放心釋放感情，害怕一顆心出現缺口，感情流光，我的生命會變得乾涸。

我的魂魄分散各處，無法聚攏，過著碎片化的生活。有時，我也感覺深深的寂寞，很想找誰談一談，可是我好像一個聾啞人，聽不見也說不出，漲滿的情緒無處宣洩。只有在零星的假日，去重慶南路的純文學書屋看書，在書店關門後，恍恍惚惚地走向植物園，來來回回地繞圈。

等到我有能力拿筆描摹，已是四十歲以後的事。因為青春期過得太慘烈，我始終未能真正成人，外在的我漸漸改變，也能與人談笑，內在卻仍然停留在蠻荒的狀態，我是密不見天的雨林中迷路的一個少女，吶喊著掙扎求生，呼聲在腹腔迴繞，只有我自己聽得見。

真的，不僅僅是因為貧窮的匱乏，更多的是漠視與傷害，我穿戴成長的腳鐐手銬，和自己孤獨的長影行走，眼前是看不見盡頭的長路，我繼續跌跌撞撞往前。

這本書有我寫出與寫不出的，其中關乎成長，七〇年代永和小鎮一個少女的成長紀實，關於她生活中的愛與死亡，以及一個腐爛的家庭，家中失魂的父母親。

我沒有上過多少年學校，沒有接受文學訓練，書寫時，甚至不敢有太多的野心。其實，這些文章多是在失眠，為排遣一個個苦悶寂寥的夜寫成，給自己留存做記號。

我從不認為自己是個作家，也不覺得自己會創作，但因緣際會，這本書在二〇〇七年印出來，成了青春讀本。對我而言，它是生命的印記，一些昔日的刻痕。

我是在社會底層生活過的人，了解那個世界的窒悶與絕望。在記者生涯，我又見過更多淪落更深的人，他（她）們或是遊民、妓女、外勞、外配、漁工、關廠工人、愛滋病患，處境更艱困者百倍於我，相照之下，我是獲得救贖的幸運者，在我的時代，跳過了階級桎梏。

許多事物和青春一樣無法回轉，我的靈魂仍在漂流，仍未痊癒，只是我學會閃躲，越過一些灼人的炭火。我清楚地意識到，在流離人世，我唯一握住的是手上的筆，不再管自己究竟能不能寫，寫出來的文字能不能看，我知道自己必須寫，唯有書寫才能使我平靜，這將是我持續寫下去的重要因素。

這本書能夠重印，我要感謝聯合文學總編輯王聰威、主編羅珊珊。同時也謝謝為我推薦的吳念真、黃錦樹、陳芳明、蔡珠兒、陳雪、劉克襄等先生、女士。尤其感謝黃錦樹教授給我的創作提醒，創作是一條人跡稀少的長路，我將面對許多困厄的挑戰，或許一生終無所獲，但我仍須走下去，因為這是我所選擇的路途，一條尋找人生真相的路徑。

【輯二】

# 這些人與那些人

他們在雲林深掘扎根；
我們卻注定被雲林拋棄，
做一群無法落地生根的盆栽。
黃昏的故鄉是那麼遙遠，
濁水溪上的血紅落日為在地人映照，
而不是為離鄉人。

# 這些人與那些人

「阿媽，庄腳的土是什麼色水？」

「戇人，庄腳的土敢會有別款色？平平攏是土嘛！」

那是時間和空間啟始在意識中交織出坐標的年歲，我對什麼都好奇，喜歡問個究竟。祖母常對人說：「阮庄腳來的，庄腳人勿知世事。」庄腳是哪裡？一個日夜被祖母懸念的地方，似乎可望不可及，於是對「庄腳」的拼湊探詢成為我與祖母對話的主題。

在夏日，祖母說起，年輕時在溪洲種西瓜，颱風來時，她和祖父潦過溪水搶收西瓜，暴漲的濁水溪混濁洶湧，兩夫妻差點抱著西瓜沉入溪底。

冬日，在租來的豫溪街圳溝上的木屋，我們蜷縮在一起吹著穿透木板的遠地來的寒風，幼小的弟妹哭鬧不停，這時，祖母會半哄半罵說：「毋通哭，擱哭送去海口食番薯。」這句話一直讓我心驚，雲林的海口是多可怖的地方，那裡的人只有番薯可吃。

白天，我陪伴祖母沿街收集餿水，到黃昏時刻，我們共擔著一桶豬食往河堤的豬圈行去，早夭的火紅太陽將一老一少的身影變形復刻在黃土地上。我問扁擔後的祖母「阿媽，阿公為啥物會起痟？」阿媽嘆一口氣，回答說：「汝阿公少年時陣不是這款的，彼時佇永定厝歸个庄頭，干伊有本領倒退播秧仔，哪知伊會變成今仔日這款？」

祖父原本姓廖，是家中的老么，出生後即過繼給人。這個楊家接連生了九個孩子，祖父成了一個擔養家計的長子，除了長年勞動，他還受盡欺凌虐待。祖母說，他們結婚後，日夜拚搏，但是分家產時，卻被趕出來，「連一雙箸頭、一塊破碗瓷，攏總無分到。」

祖母和祖父在我父親落腳三重埔五年後北上依親。父親是親族眼中的敗家子，十七歲時將祖父母半生血汗耕作的稀薄田產變賣輸光，祖母說起這段往事，依然痛心罵說：「伊佇庄腳蹛未著，日講暝也講，蹛庄腳一世人沒出脫，一定欲去台北發展。」

父親初來台北，每天透早五點鐘就到台北橋下等人喚做臨時工。他說有一天清晨將醒之際，忽然聽見祖母呼喚他：「阿堂仔！阿堂轉來喔！」當下，他覺得內心紛亂，即刻坐火車奔回二崙仔永定厝，回家後發現祖母躺在床，已經發燒病了七天。

做為長子的父親，幫祖父母和兩個弟弟收拾包袱，在離鄉當夜，他放火燒了舊厝的草屋。聽母親說，父親在點火的時刻，祖父撲過去阻擋，父子兩人在熊熊火光映照下扭打成一團。

祖父像意外的訪客，他總是停留兩三天，在沒有人留意時，就拎著包袱離家了。我記憶中，也沒有見過父親和叔叔們去尋找祖父。祖父在鄉城間拾荒遊蕩，我在想，他是否在找尋往二崙仔的方向？祖父流浪過一個又一個城鎮，他常常在縱貫線上的鄉鎮被報警尋獲，或是因為撿取人家的鍋盆而被送到派出所，然後，不知道如何又循線送回我們租屋的永和。

祖父在家的短暫時光，他最常問：「即嘛歸點？」「汝是誰人？汝是誰人的囝？是阿堂的抑是清風的？」祖父永遠處在飢餓狀態，剛剛吃過中飯，就喊說肚子餓了，他的胃囊似乎填不滿。我記得有一夜，他偷偷地吞下半包味精，結果整個人翻白眼、嘔吐，父親用力拍他後背，祖母在一旁無聲哽咽，我看得嚇呆了。

祖父在外鎮流浪，我們跟隨父親在小鎮輾轉遷徙。父親做一行厭一行，一路蹭蹬失志。我們不斷搬家，從小我必須經常學習認路。我懷疑，即使祖父神智清明起來，也很難找到回家的路。

祖母口中總時時叨念庄腳的阿梅、阿香兩個女兒。十一歲那年，我第一次跟隨祖母回到雲林，當客運車經過鑄鐵的西螺大橋，眼前是我摹想中的鄉土，我抑制不住興奮，張大雙眼汲取溪岸、褐土以及在田埂行走的農人背影。

祖母生長在西螺，老家還有兩個姨婆。第一夜我們留在二姑家，二姑丈的家族自成一個聚落，二姑的家是邊陲的一間竹棚，屋內是乾硬的泥地。當我們出現時，二姑驚訝地大呼：「娘蕊！」瘦小的二姑有一雙家族遺傳的明亮的眼睛，看到祖母，她頓時無法抑止地落淚，祖母摸著她的頭說：「戇人，歡喜攏袂赴，哪會哭起來了，哭的時陣猶未到啊！」

二姑擦乾眼淚，要去雞寮抓一隻老母雞，祖母攔著不准，威嚴地阻擋說：「也不是人客，沒年沒節的，刣啥物雞。」晚餐在一盞黯淡的五燭光燈泡下展開，有園裡的青菜、陳年蘿蔔乾炒蛋，還有醃製的冬瓜、嫩薑，碗碟上的一塊紅燒五花肉，一直在祖母、姑丈、姑媽的碗中夾來夾去，三個表弟妹則睜大眼睛看著這塊少有的燒肉。

第二天清早，在二姑的淚水中，我們往二崙仔前進，祖母安慰二姑，回程一定還會來看她，多感的二姑才停止擦淚。西螺往二崙的路有多遠？記憶中，那是一條風飛砂吹成的永無盡頭的漫漫黃土路，捏著手絹的祖母表情嚴肅，她的目光凝視塵沙飛揚的遠處，我不斷問說：「阿媽，到永定厝猶擱偌久？」

當客運車遠去，我們踏上庄頭泥土路，庄內的報馬仔已經透過村裡的放送器呼喊著：「楊梅佇兜位？汝的老母轉來囉！」隨著響遍庄頭的粗嗓男聲，遠處的田埂奔來一個頭包花布斗笠的農婦，那就是大姑嗎？她的身後跟著一個扛著鋤頭的壯漢，還有一群光腳的小孩。

阿梅大姑向著祖母跑來，口中喃喃喊著：「娘惢！娘惢！」她的一張黑裡透紅的寬臉漲滿笑容，並連連用半責怪的語氣問祖母說：「哪攏沒有先寫一張批，阿堂真無路用，也沒有送妳來，路途遙遠，萬一有啥物閃失欲安怎？」

我們一路走著，庄內的阿婆、婦人、老老少少紛紛出門探看，有的阿婆瞇著眼問說：「這敢毋是阿梅的序大人？」在驚呼聲中，探頭的人攏聚過來，圍著祖母說長道短敘舊。等我們踏進大姑家，廚房砧板上已經躺著一隻垂頸的母雞了。

那是第一次返鄉，即使我仍年幼，也嗅聞得出，那些祖母熟識的鄉人在背後的一些指指點點。當我獨自在庄內晃蕩，會聽到一些老婦相互問說：

「彼是誰人的囝仔？」「伊是大川的孫仔，去台北彼个阿堂的第二查某囝仔。」然後是一聲嘆息和搖頭，「大川聽講被伊阿堂彼个了尾仔子氣价起瘠！」

庄腳人早早入睡。像大姑丈一生守著田園，日起晏眠，每天清晨四點起床，扒完三碗白米飯後，他就扛著農具出門巡田水。一天農事結束，他固定到庄內的榕樹下和幾個一輩子熟識的厝邊閒談幾句家常，七點過後就上床睡覺。面目黧黑的大姑丈，雙手雙腳特別粗大，手腳並有長年操作農務的皸裂刻紋，他很少說話，常常只有一張發紅的靦顏和憨然微笑。

中午，我跟著大姑的養女，小我一歲的表妹去送飯。姑丈用餐時，我們兩人坐在田埂上咬一節連皮的甘蔗，甜滋滋的糖水沾滿了半截脖子。我和表妹一樣光腳踩在田間路，綿延的水稻田像是永無止境，我注意到，庄腳的土地有許多不同的顏色，並不像祖母所說只有一種顏色。庄腳的泥土有紅褐色，有水稻田的爛泥色，也有溪埔乾硬的灰土色。

我內心忽然產生一個疑問，父親為什麼要燒掉草屋離鄉？我們在台北的困窘生活會比二崙仔好嗎？

父親從十七歲離鄉，娶妻後就沒有再回過雲林，他曾發誓要賺一百萬，風光還鄉。父親也曾振奮過，早年，他在市場販魚，為了和人爭地盤，父親三兄弟黑夜和人幹架，二叔拿開山刀，父親操起鐵鍊條一人對四人，三兄弟打得血流滿面回來。

可是，在人生的節節敗退中，他選擇抄近路，最後沉湎在煙霧瀰漫的賭場賠盡一生，還鄉夢愈來愈遠，濁水溪岸的那片瓜田、二崙仔的水稻田在父親的生命中已不復尋，然而，他始終也沒有成為一個光鮮的台北人。父親如地底的星鼻鼴，在暗不見光的濁地取食以餵哺一群從未飽飫的子女。

祖父最後一次被送回家，整個人已經是一具黑臭的皮囊。他全身傷痕遍布，新瘡舊痕外，僅剩一雙窟窿深陷卻仍然清亮的眼睛。那時我已是青春期，在祖父的最後時日，家中只有我陪著祖母看顧他往頹然消亡之路行去，但是，祖父只要稍微清醒，就猛力拉掉點滴，起身要找他的包袱。有一天祖父衝下樓，父親要攔阻他，兩人又動了手，父親出手很重，衰頹的祖父倒在地下，我驚心望見祖父像一具死去多時的乾枯髑髏。

祖父在當年底墜樓過世。彌留時刻，祖父忽然喊起一個早夭孩子的名字，也念著「阿梅、阿香、阿堂……」他又喚起祖母的名字「竹西」，還又說：「汝阿媽嘴快心肝毋歹，愛好好有孝伊。」

那是他一生最後的清明迴光，只有短暫的片刻，但僅有這一剎那，祖母已然不能自持了。

聞耗奔喪的兩位姑媽披麻帶孝從永和大街一路匍匐跪拜哭喊過來，哭聲連天，巷口擠滿圍觀的大人小孩，但兩人的哭喪被二叔攔起，二叔喝叱說：「台北人不時行這款，毋通予人看笑。」

祖父薄命苦痛的一生，有如對離鄉者的刑罰。流浪到台北的祖父身影，不斷反覆成為我成長歲月的夢魘，噩夢中的祖父總是發著駭人的惡臭，長久以往，夢中的他常幻化成一縷幽魂。

童年歲月也有少見的歡愉。在無聊乏味的夏天黃昏，忽然巷口響起一陣騷動，包裹著花布頭巾的大姑手腕提著洗衣粉塑膠提袋，兩手又扛著濁水溪的青皮大西瓜，從二崙仔迢迢處來了。除了紅肉西瓜，大姑的提袋內還有醃製的酸芥菜、蘿蔔乾、高麗菜乾，以及一隻手腳被綑住的活母雞。

庄腳來的大姑，經常是來一天就急著要回家，祖母和母親竭力攔阻她，我們小孩則負責藏起她的洗衣粉提袋，或是藏起她的外衫。這場戲在我的童年反覆演過幾場，當時只道是尋常，如今時移事往，大姑早已不來台北。搜索記憶深處，我才了解，庄腳來的瘦小大姑，為何扛得動那一顆大西瓜。

大姑最後一次來台北，是祖母的喪禮。她在治喪過程十分抑制，只有到蓋棺那一刻，才忽然放聲哭著：「阿爸、阿母一世人艱苦，」並痛罵自己不孝。周圍的父親和兩位叔叔露出難堪的表情，那時我已成年，理解大姑在罵什麼。大姑回鄉前神情漠然，對餞別宴的菜食毫無食慾，臨上火車，她又掉淚說：「兩位序大攏走了，咱後擺是毋是斷路了？」

祖父與祖母相繼離世後，我們不僅和二崙仔的親族愈行愈遠，連在台北的兩個叔叔也因長年積恨成了陌路。我們一家像一座孤島，外面的世界五光十色，人人都說，台北錢淹腳目，但是我們卻活在一個昏暗無光的所在。父親像是一種夜行動物，天黑以後出門賭錢，天亮後輸光口袋回家睡覺。

我的青春期就在這種混亂頹敗的氛圍與眾多弟妹的爭吵、嚎哭、扭打中度過。有時候，我會想念二崙仔的田埂路，還有那一節帶皮甘蔗，記憶中的甜水是如此誘人吸吮。

當我成長以後，記者生涯中，社運街頭經常播放〈黃昏的故鄉〉，當我聽到一聲聲「叫著我，叫著我，黃昏的故鄉不時地叫我，叫我這個苦命的身軀，流浪的人無厝的渡鳥……」腦中總是浮現這些人與那些人，那是我漂泊的祖父、我堅強痛苦的祖母、我滿身血氣的青暝牛清風二叔、我那嗜賭如狂的父親。

反而，給我安慰的是守住田園的大姑丈、阿梅大姑、阿香二姑，還有他們瓜瓞綿延的家族。雲林是他們的家鄉，他們在雲林深掘扎根，汲取土地的養分，我們卻注定被雲林拋棄，成了無法落地生根的插枝盆栽。我們即使飛在天上，也是無鄉可依的飄蕭孤鳥，黃昏的故鄉是那麼遙遠，濁水溪上的血紅落日為在地人映照，而不是為離鄉人。每當懷想二崙仔，那短暫時日的歸鄉記憶，就在我心中反覆衝撞。

二崙仔的草屋早已在火光中蕩然，我並沒有家鄉。我生長在台北，雲林縣二崙鄉只是一個地理名詞，並不是我可以歸屬的地方，即使想回去，我也只是一個台北來的外地人。

大半生落腳台北，父親遇到陌生人相問攀談，總是用寒弱語氣說：「阮是插枝的，是雲林來的出外人。」我懷疑，如果父親預知離鄉的命運是一種失根的放逐，當年，他會選擇離家嗎？

成長以後，我一直在分辨我血液中的雲林人成分。除了親人，我也遇到了很多雲林人，他們往往隱身最黑暗最原始的角落：三重埔、豬屠口、蘆洲，或者艋舺的一些荒涼暗巷。男的像我二叔，終年含著一口猩紅檳榔；女的妖嬈冶豔，用薄衫包裹早熟的軀體，被框架在一個透明櫥窗內。

來自我心中永恆故鄉的訊息，最多是和台西子弟的血氣犯案有關。家鄉的人似乎和我父親一樣不爭氣，淪為社會底層的渣末。身為苦澀的台北雲林人，我們飄蕩的家庭終因時間推移，在大台北的邊陲聚落繁殖綿延，手足弟妹複製了父母的貧窮，艱難地在台北的塵灰中討生活。

放眼望去，從豬屠口衰敗的老社區到三重埔的暗巷，有一群群和我們相似的蜉蝣殘渣，他們像父輩懷抱著青春夢來台北，很快卻沉淪為墊底的社會邊緣人。

我體內流著和他們相同的血液，我也吃過濁水溪來的米和那夏季的紅肉西瓜。當我心中被這些人與那些人充滿，我的孤寂和侷促似乎找到了根源，我是無家可歸的雲林人，也是失去家鄉的台北人，我將和父祖一樣揹馱著被詛咒的命運，漂泊在這個黑暗無情的台北城，依憑我們血液中的雲林人的硬氣，去尋尋覓覓找到生命的微光。

# 回頭張望

最早，永和是一股腥野的魚味。

那時候，我四歲，我們剛搬來小鎮未久，是插枝求活的出外人。父親找到這座大市場，挨挨擠擠地在一個角落賣魚。其實，我是在一旁幫忙遞魚，或者只是發呆、玩耍，印象已很模糊。我只記得父親身上的魚腥味，他回家時，脫下一雙沾滿魚鱗的長筒膠鞋總是發臭的。記憶最深刻的是，有一年冬天，父親帶回一串螃蟹，我們等在爐火旁，看著螃蟹奮力掙扎到軀殼轉紅，小小的我也混合著恐懼和罪惡感學著剝殼吃了。

冬天，父親回家時，濕淋淋的雨衣除了魚臭，還有濺了一身的泥濘。到我念小學時，父親已收起魚攤，但是，當我唸到課文「天這麼黑，風這麼大，爸爸捕魚去，為什麼還不回家？」竟然莫名哭了，好像我父親天天出海似的。

我沒想到，小鎮這條街所發展出的巨大菜市場，竟然緊緊地繫縛著我生命中最無邪的歲月。那時我六歲，父親改行賣花，他還是一樣沒有攤位，花攤的位置夾在兩排攤商的中間走道，我開始也拿著一束玫瑰，向過往的主婦示意，喊著：「買花，買花」。多數時候，我常獨自在市場穿梭，看魚販殺魚，看抖動著全身肥肉、眼睛笑得瞇成一條縫的老闆娘秤五花肉。

永和的勵行街起自與永和路接首的一頭，尾端則銜接韓國貨麇集的中興街。市場內有無數巷弄，大巷夾帶小巷，彎弄中包藏著另一條短弄，這是永和最典型的街道。常常，我鑽進去巷內，久久鑽不出來，後來學會用氣味辨別方向，往左，是燒一鍋黑膠燙豬蹄的，再往前是炒肉鬆的香味，聞到這股肉香，就可以摸回父親的花攤了。

那時候很少人買花，只有在農曆七夕和除夕前，買菜的主婦才會想帶一把花。七夕賣紫紅發亮的圓仔花，賣不完的花和殺好的雞一起擺在門口長桌祭拜，拜完，一群小孩搶雞腿吃，屋內也有一堆花，我感受到一種懵懵懂懂的幸福，但不清楚父親為什麼蹲在門口怔忡地抽菸。

遠自日據時代，永和舊名溪洲時，勵行市場即已存在，至今老一輩說到這座市場，還是說「溪州市場」。市場也可以接到豫溪街，在豫溪街未改道前，與永和路垂直的路口即有一座溪州戲院，我和市場的其他小孩，常常等在門口，散場前可以去看一段戲尾。

我進小學那年，父親入伍補服兩年兵役，這回由母親推著攤車賣玉蜀黍。母親同樣沒有攤位，她在勵行街尾勉強地挨到一個角落，不管是對客人還是面對被擋路的店家，她都不斷低頭作揖。那時我開始感覺生活的沉重，每天，我要在家照顧新生的弟妹、餵奶、換洗尿布、生火煮飯。如果是母親下廚，她經常是將高麗菜和米燜煮一鍋高麗菜飯，然後就推著攤車走了。

那時的永和仍有大片的稻田，竹林路的圳溝仍未加蓋，勵行市場就接著有名的勵行中學。我天天經過，看到一群男生在操場打籃球，有時在竹林路的巷弄，也可以看到戴大扁帽的男生聚集在一起高聲喧鬧。我們做小孩的，看到這群高中生都很害怕，小孩中間傳說，有人惹了他們，被打死丟到溪裡。所以，每天放學，我都會機警地躲著他們。

是小一那年吧？勵行中學一夜之間，變得空無一人。我一個人偷偷溜進去，無人的操場和校舍形同鬼域，荒涼生疏和過去已是兩樣。一個小孩告訴我，學校老師開槍殺人，「那裡有鬼」。我們要去市場，都要走更曲折的遠路，繞過那座中學。有時候，我要去幫媽媽收攤，為了趕路，在黑夜降臨前，我沿著中學外牆走，內心撲騰撞著，兩條腿想愈走愈快，可是，路卻愈走愈長。

父親退伍後，轉為賣菜，上午在市場外圍擺攤，下午推著菜車穿街走巷叫賣。放學後，我經常先去幫忙收攤，再跟著他沿路賣菜。我不懂為什麼我們家一直沒有固定的攤位，那時我的願望是，長大要有一個自己的攤位，賣什麼都好，但是一定要有。不只是沒有攤位，我們也沒有自己的房子，父親搬家和換生意行當一樣頻繁，使得我常結束小小的友誼，童年的朋友失散各處。

我對父親的菜車印象特別深刻，那時我已經學會秤斤兩、算帳。中午時分，跟著菜車開開停停，左右巷弄常飄來食物的香味，可是我們經常是賣到下午四點才會繞回竹林路的家，所以我叫賣的聲音也愈來愈微弱。永和大餅包小餅似的巷弄，我在飢餓中踏遍了。

在市場賣菜的那段時間，我仍然如幼時喜歡在巷弄內逡巡。那時祖母還不算太老，維持著固定作息，早晨十點以後才吃葷。她常常漱洗過後，牽著我到市場內的一家麵店，兩人各吃一碗熱騰騰、冒著霧氣的切仔麵，麵條澆頭有一、兩片白切肉，我總是難捨地留到最後一口才吃光。吃完麵，祖母又牽著我去買魚。她捏著薄薄的幾張紙鈔，一攤一攤仔細觀看比價，有如現在玉市內挑玉行家的眼光。她不理會大小攤商用誘人的笑容，親切地攔截她，繞上一大圈，最後總又走回最常去的那家，買個收攤前賤賣的一截白帶魚或是三條肉餡。

到我十一歲那年，父親已經換過五、六種小生意，其他是伴隨歇業日夜顛倒的生活方式。我和姊姊常常在母親的指示下，尾隨父親的行蹤。當他走進河堤下的一家雜貨店賭博，我們兩人不敢靠近，就只有蹲在巷口等著，常常等到天黑。遇到父親贏錢，他會滿臉掩不住笑容，摸一把銅板給我們兩人，有時甚至是一張十元紙鈔；若是他老本輸光，出來又撞見我們，那輸錢的晦氣也會發在我們身上。

我在床板草蓆下偷偷存錢，十一歲那年，開始了自己的小生意。我和姊姊各存了二十元，我們結伴穿過市場，走進一家懸掛著各式玩具、糖果餅乾還有抽獎、紅包等批發物件的商店。我第一次做老闆，賣的是一款抽出白馬、黑馬換糖吃的遊戲，後來我又做過抽圓牌、抽紅包的生意。最慘烈的經驗是，我以巨額成本買來的一組紅包獎袋，被一個同齡的小孩開張，第一炮就抽中頭獎十元，我懷疑他耍詐，紅著臉不肯讓他拿走，他不服氣走了，拋下一句「我哥哥會來找妳。」果然，有一天，我放學經過河堤，一個男生衝過來，甩了我一巴掌。因此我結束個人事業，也多長了一項見識，知道竹聯幫的存在。

父親又回到市場賣水果時，老市場似乎已有改變，原來的肉攤、殺雞的攤商正集中起造一個專區。父親仍沒有固定的攤位，早市最熱鬧時，我們擠在外圍的路邊賣，到了午市收攤，我們才在市場內搶到一個攤位。可惜，人潮早散了，光憑我向過往挑三揀四的太太小姐們呼喊著，也沒換來她們的正眼。我想，我養成看人臉色的壞習性，一定和長年在市場廝混有關。

我十四歲那年，我們家的小孩才全部到位，母親生足了九個小孩。一排小孩出現在攤位，場面十分驚人。雖然那些小孩是我媽生的，不是我生的，可是大小弟妹一排站出，總使我十分難為情，看到弟妹來了，我立刻拔腿溜走。我父親的攤販年代，幾乎可以用魚的時期、花的時期、菜的時期來為我媽媽的懷孕做記號。母親一年年大肚子成為市場話題，當我聽到「西瓜嫂這胎會生男孩還是女孩啊？」總是羞得躲到小巷喘氣，好像即將臨盆的是我。

父親買賣做做停停，沒有進帳的日子，擺明要我們挨餓。反正回家也不會開飯，我常獨自一人爬上河堤，觀看對岸的台北，燈火明滅的夜裡，我急切地盼望長大。看著河面飄閃的熒光，我想像走過橋的世界，那代表我將離開這座汙穢的市場，有一個不一樣的人生。我呆望著，頭暈目眩，在心中刻劃著離開小鎮的各種圖像。

後來，父親又賣過月餅，是那種餅上浮貼著一張印有鳳梨蓮蓉的錫箔紙，盒內鋪著紅絲綠絲的老式月餅盒。我在勵行街的入口，守著地上十幾盒月餅，露出和那個斬肉的老闆娘臉上相同的微笑，希望網羅經過我左右的所有人。正當我露出傻笑，班上的幾個男生，卻正好經過攤位，這時我的笑容凝住了，很想躲進市場內，可是又不能拋下這一堆月餅，整個人就如被雷打到，僵著無法動彈。

鬱悶的小鎮，相扣相連的巷弄日夜騷動著，那時我半夜常常被聲音驚醒，有時是夫妻吵架，兩人拿刀對峙，旁邊一群小孩的哭喊；有時是河堤屠宰場的豬隻夜半慘烈的尖嚎；有時是幾個小太保追逐幹架的叫囂。

小學畢業前夕，父親處於鳳梨時期，家中經常堆滿大小鳳梨。有一回收攤後，整車鳳梨留在市場附近，需要人看守，不知道為什麼，我會有膽量單獨一人整夜守著那堆鳳梨？深夜的街道已杳無人跡，望入市場更是一片駭人的黑暗，我整夜睜著眼，腦中出現各種可怕的想像，彼時，唯有抱著一顆刺人的鳳梨，聞著那股醉人的甜香，才能讓我有安全感。

接近清晨時，我在冷風中迷糊睡去，很快又驚慌醒來，斷斷續續的醒醒睡睡夾著父親白日說話的情景，父親聲明「查某囡仔讀小學就夠了，小學畢業汝就莫再讀了。」我喊著：「我要，我要，我要去上學。」在低溫中，我又驚醒過來。可能是早晨四、五點，黝暗的市場已經有忙碌的攤商進出卸貨，一盞盞燈火下，他們都有兩眼塌陷，長期睡眠不足的形貌。我想像，有可能這一生將埋在人聲沸騰的勵行市場，同樣過著收錢、找錢一成不變的生活。幼時那渴望長大要有一個攤位的夢想，忽然離我很遙遠。

當父親轉為賣油飯時，我已經是他的重要助手。他每天攪拌兩大桶油飯，一桶由我扛到老市場賣，一桶由他載到樂華市場販售。我很認真用力地招呼客人，甚至，同學和她媽媽一起出現在市場，我也不放過她們，大聲地把她們叫住。中午回家時，我的桶子幾乎只剩一點點油飯，我便蒸熱吃了；父親回來時，表情卻委頓蕭然，白布蓋上大半桶的油飯。第二天，父親說，他要去老市場賣，換我去樂華，結果他仍然帶回大半桶賣不出的油飯，而我卻賣到一點都不剩。

其實，我從很早就注意到父親的小生意必然失敗，因為他做生意經常心不在焉，一副心事重重的神色，又不敢招呼客人，加上他又三天兩頭歇業，無法累積老顧客。面對日夕受挫的父親，十四歲的我深深感受到生活的重擔落在肩上。

在勵行市場，看見日夜出沒著一群和我父親相似的面孔，我開始有了心思，想像自己的存在還有什麼可能性。有一天深夜，我穿過市場回家，望見攤架上鋪著紙板，地上是沒有掃清的菜葉，黑暗中的勵行市場，一個個接連的木構攤位，四處爬著蟑螂，燈罩上有滿滿的灰塵和蜘蛛絲，勵行街不像白天寸步難行，竟變得出奇地短，只有五分鐘，我已經走出了市場。

十五歲那年，我決定跨過橋，去尋找我的人生。最重要的是，我決定棄絕和父親的小販生涯綑綁在一起的歲月。眼見父親在賭徒、小販的角色間游移，最後經常是我在收攤，而我清楚地知道，那是他的人生，不是我的人生。

我離開永和後，再也沒有踏入勵行市場。但是，長達多年，市場的過往經常以各種破碎的樣貌佔據我的夢境，夢中，我仍一遍遍叫喊著買花啊！有時是賣花的夢開場，醒來的前一刻，攤位卻變成賣鮮魚。有時在夢裡，我穿往於一條條暗巷，在這座迷宮般的市場，找不到回家的方向，我艱難地轉醒過來，額頭有薄薄的冷汗。

偶爾，我也會夢到祖母牽著我的小手，帶我去吃麵。她叫了一顆滷蛋夾到我的碗內，我又夾回去給她，祖母不肯，兩人在推讓中，滷蛋落在市場泥濘的地上。更多時候，卻夢見我沒有去市場接班，父親拿著棍棒追打著我。父親在後面追趕，我逃進小弄，躲在垃圾桶旁邊，躲到市場人聲沉寂，只剩我一人，而父親也已不見了。

父親七十歲生日那年，姊姊打電話要我回家祝壽。自從離家後，我和父母的關係愈來愈生疏，只有在節日或重要時刻才會回家，每次回家，如果經過勵行市場外圍，我總是不自主地開始偏頭痛，說不上什麼原因，只是心頭如同被石板壓著，重到透不過氣來。吃完父親的生日宴，已是夜晚十一時，我準備搭車回家，經過老市場，見到入口仍有人在收整散落的水果，我忽然想繞進去看一看。

我走過舊中學的外圍；我走過五歲時吃完麵昏倒在地上的復興街；我走過祖母買魚的轉角攤位。我眼中所見的空蕩攤架，這一刻襲來一波波的混合氣味，引領我往前是賣雞的凸目嫂，我彷彿見到她舉著一把厚刀，正準備砍下雞頭，無視老母雞的哀哀啼叫。左邊，是一口檳榔一口菸的魚販勇仔，他刮起魚鱗俐落快速，每條魚落到他手裡都即刻翻白眼。往右，是和我們一樣沒有攤位的何媽媽，她包扁食的手腳很快，我從小看見她可以一邊包料、一邊招呼客人，找錢收錢都在瞬間進行。

飄過來的是肉鬆的香味，還是麵店升騰的熱氣和肉燥香，抑或是夏季荔枝的果香？我從反覆如潮水的氣味，仔細去辨別，記憶又隨著氣味拍打著我的腦部。記憶加上氣味翻湧，就如被打翻的一個珠寶匣，記憶引出記憶、氣味引出氣味，在黑夜中熠熠閃光。我伸手撫摸汙黑的攤架、壓在紙板上的磚塊、沒有收走的兩三顆橘子，一切似乎是在昨天，像是很熟悉，其實又那麼遙遠。

勵行街尾，還有一兩家營業的飲食攤，我停下要了一碗吃食，神色疲憊的婦人好奇地看了我一眼。我心中很想跟她說話，告訴她我在這座市場長大，但是我一定說不清楚這句話有何意義，和這個夜晚又有何相干。那我生命中最重要的十年，永遠不復返的生命之流，我曾在這座市場每天被人推擠著，然而我同時又那麼早地感覺到寂寞，這種醬人的痛，使我提早長大，累積足夠的勇氣離開小鎮。

永和其實早已不是一座小鎮，不知哪一年，它更名為永和市，即便是白日，車聲也淹過市場的叫賣聲。我抬頭和婦人寒暄：「市場這嘛生理好嗎？」「歹啦！景氣差，大賣場又遐爾仔濟，生理做袂落啦！」怎麼可能，那人貼著人的過往難道只能追憶？不過，市場內有好幾個攤位貼著出租紅條，又像是印證她所說的話。我走出市場，沿著巷道經過豫溪街，又穿過中正路，那座溪州戲院似乎浮印在眼前的大廈上。

我如一縷遊魂，飄蕩在夜晚的永和舊街老巷，眼前擦身而過的行人，每張臉孔似乎都見過，他們是不是以前向我買過花、買過油飯、照顧過我童年的生活？在永和，許多人的生活沒有改變，只是，我像浪子，漂泊得太遠，離開老市場，我就像斷線的風箏，甚至已脫離自己能掌控的界域。我並不後悔選擇離開，可是，我必須承認當時的斷裂過於猛烈。

此刻，我才明白，勵行市場是我生命中的原鄉，人、氣味、攤架的貨物，在我離開市場後的生活消失，那是我的人生走往虛無疏離的原因之一。這座老市場包裹了我生命中一些血肉模糊的青春，我只敢在深夜偷偷回去，像鬼魅一般摩挲一個永遠失去的世界。

# 苦路

母親懷第九個孩子的時候，我已十三歲，那時的我，胸部剛剛鼓出兩團肉，日夕侷促不安，有一天走在街上，忽然感覺大腿內側濕了，鮮紅的血流淌下來，我嚇壞了，但是，卻沒有人教導我，這是怎麼一回事。

我像野地的藤草，自己開花，自己尋求雨露。整個童年，是灰白無聲的，看不見母親的臂膀，甚至不知有母親的存在。

成長的過程，只知道母親不斷地懷孕，一個娃娃接一個娃娃，輪流地躺在一張籐線崩落的小床。我忘了當時我是幾歲，總之，我已開始扮演一個小大人。

母親從產婆處回來，她的臉色如灰蠟，站都站不住，身後，兩三個弟妹拉著她喊說：「阿母，阮腹肚枵。」母親有氣無力地對我說，要我煎一個麻油荷包蛋，她也很餓，一日夜都未進食。

我是個沒有童年的孩子。青春期階段，我的脾氣特別暴烈，知道母親又大肚子了，我不留情地用譏誚口吻說：「汝猶要生歸个才夠？」母親回說：「我欲生一打，安怎？」那句話恍如昨日，母親卻已經老去。我四十歲生日的前夕，母親打電話來，要我回家過農曆生日。她說，我的生日和包公生同一天，所以，她從未忘過我的生日。

還記得三十六歲那年，我準備去歐洲長住，全家有一次難得的聚會，姊妹弟弟從東南西北趕來，比春節的年夜飯還熱鬧。

母親說起懷孕生產，「生汝上艱苦。」父母是從雲林鄉下到台北打拚的年輕夫妻，住在萬華舊名崛江町的鐵道旁，我出生當天，恰巧是台灣最有名的八七水災，在一片慌亂下，母親臨盆待產。

母親說，她開始陣痛，被送到助產士那裡，可是羊水卻沒有破，助產士也幫不上忙，只有要她出去走走。母親一整夜繞著龍山寺的外牆遊走，走累了，就進入寺內，跪求觀世音菩薩顯靈，讓她平平安安生產。

那時，父親經營的紙袋廠倒閉，母親生下我後，長期累積的精神壓力爆發。姊姊還記得，狂亂的母親在巷弄間衝來撞去，最後被父親、叔叔用繩子綑住，送往一座精神病院。

我最恨別人說，我和母親十分相像。小時候，我的記憶中幾乎沒有母親這個人。每隔一段時間，就有一個虛弱的女人被送回家，同時，又抱回一個哇哇啼哭的嬰兒。我什麼都不懂，只知道每張口都嗷嗷待哺，家裡也愈來愈擁擠。

父親年輕的時候逃兵，三十歲時才強迫入伍。那時候，我們家已有五個孩子，全靠精神恍惚的母親推著小車販售玉米維生。

早上，母親出門前，固定會切一個高麗菜，拌在生米中，燜煮一鍋高麗菜飯，做為我們一天的餐食。然後，矮小的她，推著一部沉重的攤車搖搖晃晃出門了。

我羞於在街上見到母親，因為她總是漫不經心，眼神十分飄忽，附近的小販用耳語嘲諷她頭殼有問題，賣了玉米，常常沒有收錢，收了錢也不知要找多少。

祖母說，母親從精神病院剛回來時，整個人十分痴呆，連洗米都不會，整個家族都冷眼瞧她，看她如何持家。

由於母親精神不穩定，我們常搬家，不過，很多時候，是和父親小生意時做時停，繳不出房租有關。

父母時常吵架，貧賤夫妻，砲口朝內。每當激烈爭吵時，母親披頭散髮，像個瘋婦，吼著父親說：「汝按我的嫁妝還來，我的金祓鍊、金手指攏予你賣了了……。」常常，父親會扔過一把椅子，破口大罵：「痟查某，予汝轉來住，已經對汝真好囉。」

即使父母沒有爭吵，母親也常獨自坐著發呆，弟妹們喊她，多半沒有反應。

成長歲月中，母親就這樣顛顛倒倒走過來了。她經常大肚子或拿掉孩子，家庭計畫人員追著她跑，她卻躲著，以為精神病院的人要抓她回去。

不知道姊姊和弟妹們是怎麼長大的。父母為生存的錢奔走發愁，來不及喘息，童年的我非常孤寂，從來沒有人注意到我的存在。我沒有什麼要求，只是厭煩肩膀上永遠有個小弟弟、小妹妹，像永遠甩不掉的小包袱。

我四十歲生日那天回家，瞧見母親一手賣檳榔，一手夾荖葉，手腳十分俐落。然而，她的嘴裡竟然嚼著一顆檳榔，「阿母，汝哪會食檳榔？」「我是專工試看這味好抑不好啦！」母親尷尬地笑一笑，露出了浸染檳榔汁的一口牙。

我已有兩年的時間沒有回家。事實上，我的住處和老家只隔著四十分鐘的車程，每天下班，坐在車上，隔著一條河道，對岸的燈光就是老家的巷弄，可是，我總是冷漠地視若無睹。

生日的前一天，妹妹打電話來說，母親一早去市場買了兩條豬腿，要煮豬腳麵線，妹妹阻擋她，說現時已不時興吃豬腳，大家都怕胖，母親卻十分固執，堅持要為我做生日。

我遲疑了許久，為了不願傷母親的心，終於踏上那條短短的路程。遠遠地在巷口，我彷彿看見那個赤足奔跑的女人，在雨中哭喊著要去跳淡水河，小小年紀的我在後面追著、喊著：「阿母！阿母！毋通按呢，小弟小妹猶細漢啊！」那有張病黃的臉的母親，腳步終於停下來，她頹然坐在路旁石階哭泣。母親斷斷續續地說：「我早就無想欲活，也活袂落去了，若不是帶念這群囡仔，我老早就離開了。」

精神病折磨了母親和我們，因為時代與環境的限制，母親並未得到完整的治療。我所不能接受的母親，是依靠她對子女的愛掙扎著一路走過來。母親夾了兩大塊豬腳給我，又塞了兩顆滷蛋在我的碗內，香噴噴的焢肉塊，多了一份苦澀的滋味。我的生日是母親受難的開始，然而，她並未因此責怪過我。

母親總是說，所有的子女中，我是最聰慧、最出色的一個。說這句話時，她笑得合不攏嘴，是上天垂憐嗎？那個在躁鬱不安中一步步走過來的母親，擁有了平靜的晚年，以及開枝散葉卻以她為中心的一個家族。

# 沉默之聲

那是一個煙霧色的早晨，天濛濛地亮，我醒得很早，從上層床鋪的窗戶望出去，天空還留有珍珠貝殼內層的顏色，濃霧從窗沿滲透進來，遠處的堤岸半現半隱，河水泛著如絲的亮光。

沒有人知道，清晨的四、五點之間，是我最害怕的時刻。我像一隻機靈的鳥兒，每天這個時刻就自動醒來，在豬的嚎叫開始之前、血液流入水溝之前、從肚腹剖開內臟之前。堤岸的屠宰場騷臭遠遠地飄過來，像雲朵飄入我的窗前，緊接著就是豬群的嚎叫聲，聲音和聲音中間沒有間隔，哭喊、悲泣、憤怒、絕望、死亡的低吟，一聲聲穿透我的耳膜，刺破黑夜的夢，帶領我走進一個充滿幻想的日子。

白日，我常常去屠宰場逡巡。留有豬骨細屑的木頭檯面，殘留屠體血跡的地面以及空氣中的臊羶味，還有彷彿從穿堂傳出的哭嚎聲，將我捲入顫慄的回音中。

猶如昨日，卻已久遠，屠宰場早已改建高樓，我也不是昔日無助的小女孩。多年以來，遠離了那個血水混雜的屠宰巷道；遠離了那群蹲在牆角，喝著剛剖下燙熟的豬肝湯的壯漢；也遠離了那個濃稠、有柏油氣味的小鎮漩渦，我以為我永遠不會再回來這個地方。但是，當我踏上那座橋，往昔的一切又如小鎮的夏日汗涔涔地黏貼上來了。

我們經常搬家，不過，我們卻沒有離開這個悶人的小鎮，黃昏時，我總是找得到日落的方向，還有曾經熟悉的屋瓦。在混亂的家中，祖母是家裡最有秩序的人，每天固定六點起床，先燒一炷香，插在門口的香孔，接著她去河邊洗衣服，十點以後才吃葷食。祖母的物品都放得很整齊，只是，她並沒有多少東西。

祖母常說起死亡的事，死亡好像隔壁鄰居，那麼近又那麼遙遠。祖母害怕死亡，但是，掛在她嘴上的話，卻常常是相反的。祖母常說：「食老無路用，早死早快活。」祖母會問：「我死後恁會安怎發落？」那時候我就會貼近她的胸脯，說：「阿媽，汝會食价百二歲。」阿媽乾癟癟的乳房無力地垂掛著，我聞到了死亡的氣息。祖母照例笑了，她說她才不要變老妖精，「活那麼久食了米。」

祖母的恐懼一遍遍地預演著，我看著她一天天衰老下去。我還幼小，對於死亡的召喚與應答，還不懂要如何面對。我想分擔祖母的畏懼，想分給祖母我青苗的年歲，然而，死亡的巨鳥在祖母的天空盤旋窺視著，死亡撲殺的羽翼就要張開了。

二叔在河堤養豬，祖母和我每天出門抬餿水，一前一後、一小一老，餿水的酸味在胃裡翻攪著，可是，因為是和祖母一起承擔，我心甘情願地在烈日下走著。太陽下山時，我們將最後一桶餿水倒入河堤下的豬槽，隨後，祖母帶領我在河岸間尋尋覓覓，摘取可以煮食的各樣野菜。

當我和祖母返家，母親的笑容是冷淡、扭曲的形狀，一群小孩仿照她的微笑，像戴著同一張面具，母親說：「別人的豬，伊也有份啊，不知會分到豬尾抑是豬頭？」在母親和祖母的矛盾是一個巨大的拔河。我站在祖母的這一邊，兄弟姊妹卻都倚靠母親那邊。祖母只帶我去市場吃麵，母親則少買一份點心。當姊姊和弟妹吃東西時，我學會別過頭去，偷偷地嚥下口水。

我所不熟悉的阿公回來了，他揹著一個布包袱，還有晃動作響的破錫爛鐵。阿公的衣服汙黑殘破，全身有一股強烈的惡臭，像是從腐壞的臟腑發出的，家中沒有人敢接近他，連父親都隔著好幾步的距離和他說話。祖母流著汗，嘴巴開始咒罵，她拖著阿公到浴室洗洗刷刷，又幫阿公理頭、刮鬍子，即使阿公已經梳洗乾淨，家人仍然不願接近他。我懼怕阿公會用長長的捲曲的指甲抓住我，所以我總是隔著一張飯桌，偷偷地觀察他。

阿公的胃是一個沒有底部的洞，他一直喊餓，才剛吃完中飯，阿公又餓了。半夜，我看到阿公摸索著櫥櫃，他像黑夜白賊到處搜刮著。黑暗中，燈被打開了，每個人睜大著眼，阿公吞了半包味精，父親緊抓著阿公的手，用力拍著他的背部，要阿公吐出來。阿公的眼睛散放著異樣的光芒，他像一頭野獸對著周圍的人狂吼，抓著圓板凳扔向父親，父親動手打了阿公，阿公喊著要把神主牌丟進濁水溪。

瘦弱的祖母來不及穿好外衫，她的身體抖顫著，擠進一陣拳腳之間，口中喊著：「打死好了！欲打……先打死我好啦！」我躲在牆角觀看眼前這一幕。

二叔的豬隻賣了錢，二嬸冷硬的臉龐有了曲線。祖母偷偷塞給我五塊錢，我的豬尾巴。我把錢藏在床鋪底下，像種入一枚果核，日夜懷抱著一個希望。二叔搬了新家，祖母搬去和二叔住，我走過幾條街，仍然和祖母一家家去收餿水。我問祖母：「阿嬤，阿公為怎樣會起痟？」「你阿公是真打拚的人，只是，伊的魂魄一直留佇庄腳，無綴來台北。」阿嬤回答。

沒有人記得是哪一天，阿公又不見了，但父親及兩個叔叔若無其事，也沒出門尋找，我們照常過日子，唯有祖母的臉色更為黯淡，走在街道上，有時她似自語，又像交代說：「我死後只要柴板釘一釘，隨便埋埋就可以，誰知他是不是這樣也做毋到」。我聽了十分難受，卻什麼話都說不出來。

聽說有人看見阿公在鄰近的城鎮撿垃圾，有時也闖進別人家裡，拿走一些鍋盆，被抓進派出所，但是說不出家住哪裡。阿公的魂魄和身體分了家，我夢見一個無頭的軀體在流浪，阿公的頭顱躺在濁水溪的西瓜田裡。

阿公又被警察送回家，就像一具黑色的木乃伊，阿公的皮囊包著骨頭，祖母趕回來，不說一句話，只是動手幫阿公洗澡。阿公不讓人打開他的行囊，誰要靠近他，他就露出凶惡的表情。

阿公失去控制排泄物的能力，他的房間幾乎沒有人敢走進去，我在門外偷偷瞧他，他像個夢遊者，睜著空洞的眼神，在深夜摸索著走到每個房間，糞便在他的手上、腿上。阿公清醒的時候，總是不斷在收拾行囊準備離去，他想逃離那個發臭的房間。

我們又搬了一次家，我擁有了上層的鋪位，可以看到冬日的河岸，光禿禿的草地，剃刀理過的西瓜皮。我還是沒有乾淨的衣服穿，沒有固定寫功課的桌子，沒有規律上床的時間。

在暴烈的青春期，我常去河邊遊蕩，除了祖母，我和家人都不說話。有兩年的時間，我沒和母親說一句話。我厭惡為何還沒長大，沒有足夠的勇氣離家。「如果能夠和祖母一起離開，那該多好。」日與夜，我心中這樣想著。

母親從遠遠的街巷奔過來，臉色青黃。阿公從陽臺摔下去了，帶著他發臭的揹囊，這一回他的包裹沾染了死亡的氣味。阿公生前最後的歲月，像一縷魅影，他分不清白日和夜晚的差別，也失去了季節感和空間感。目擊現場的弟弟說，阿公不是跌下欄杆，而是直接走入一個空洞。

阿公埋葬在一座高山，有完整的墓園，箍鎖住他好流浪的靈魂。死神的面目如此神祕，沒有人能看清黑網的背後究竟是什麼？

死神再度走入家門時，我已離家在外，當祖母過世的消息傳來時，我拿著話筒，只聽到一片嗡嗡聲。「阿媽真的走了嗎？」我又一次自問，這樣，那座小鎮就再也沒有什麼值得我牽掛的部分了。

祖母的告別式在一個悶熱嘈雜、令人暈眩的中午舉行，祖母躺在棺木內，臉龐灰白沉靜，像是接受了生命終結的開始。家人、親族穿上白色的尖頂帽，像一列白色的螞蟻，往高處的山坡緩緩前進。

工人挖墳穴的時候，我坐在山頭，尋找堤岸的方向，眼前，白茫茫的波動，像幻影一般。

從堤岸遠望，阿公的墳墓在東，祖母的墓園在北。四處都是高樓，已辨認不出那一個個被稱做家的屋頂。

堤岸對面，那尊白袍菩薩，低眉垂目，日夜端坐著。堤岸改成雨季淹水的停車場，再也沒有豬隻；屠宰場早已廢棄，改建成辨認不出過往的高樓。我在小鎮的街巷遊蕩，摩挲巷弄間的土牆。

曾經有一個夏日，一個老人和一個小女孩走過陰影拖得很長的街道，抬著一桶餿水，日復一日，種一枚小小的果核在心中。

我放棄了許多事，僅僅想學會一種秩序，不混亂、不匆忙。心頭的一隻翅羽纖細的青鳥（傳說中的一種鳥，追捕智慧和感情），尋找等待、渴求情感，從生命底部撈取，不是豬尾巴，不是短短的堤岸，甚至不是摺疊好的五塊錢。

我嘗試做一個快樂的人，看守自己小小的悲哀與幸福；但我卻不能夠，我只能一遍遍面對那巨大的暗影，與鬼魅對話。

我悄悄地離開，走往堤岸，城鎮的天際線切割出塊狀的天空，練習飛翔的鴿群正飛過大樓中間，我閃過衝撞而來的車。河水在靜謐的夜裡，像一條發亮的緞帶，我經過一座座停車場，向著河邊走去，晚風徐徐地吹，我游入河中，閉上雙眼，沉浸到河流的底部，觸摸淤泥的硬塊，河水滲入我的每一個毛細孔，我慢慢地浮上來，又縱身往河心深處泅泳。

豬群的嚎叫在城鎮上空飄轉，一聲比一聲尖銳，屠宰場掛滿剖出內臟的豬隻，赤條條的，毫無遮掩，嚎叫聲停止了，散落在一個小女孩的夢中。

阿公、阿媽，回來吧！回來吧！回憶之翼載我翱翔，熱與塵飄浮在城鎮的每個空隙。我閉上雙眼，伸直手臂，拉長身軀，堤岸、屋宇、河流就在腳下，我的身軀飛過對岸，白袍輕拂的佛像仍閉目如寐，阿媽的墳墓在北，阿公的墳墓在東。我的胸臆鼓脹著，城鎮的熱氣像半透明狀的粉絲飛升上來，我的心底卻有一塊絲綢包裹的固狀物沉落下去，而且，永遠找不回來了。

【輯二】

# 迷霧之街

夜益黑、巷更暗，
永和的珠徑巢穴永遠藏身了許多看不見陽光的人，
那過往的燈火輝煌終究熄滅了，
街上已經沒有老山東的水餃，
也沒有阿伯的獨門花枝羹，
昔時味已然飄散，
我在此流連什麼呢？

# 熱與塵

那年夏天提早來臨，還未到六月，小鎮眷區的一排鳳凰木已經燦燦開了花，但我了無心緒看花。小鎮的街道及行人都快要被氣溫融化了，我行走在巷弄覺得奄奄一息，那是個窒悶的夏季。

我將屆十五歲，周遭同學都在準備畢業考，更重要的聯考將隨之到來，但是我卻恍惚度日。畢業考當天，是一個出大太陽的日子，當我醒來時，隔板外的左右鄰舍已經人聲喧囂，我幾乎要哭出來，那麼重要的一天，我居然睡過頭，家中也沒有人叫我起床。我胡亂穿衣，奔跑出街巷，進了學校，看不見半個人影，校園一片寂靜。我徘徊又徘徊，最後才鼓起勇氣走入教室。同學們埋頭沙沙解題，沒有人抬頭看我，監考老師瞪我一眼，示意我坐到自己的位置。

那是第二節的數學考試，而且已經考過三十分鐘，我看著考題發愣。從小學的雞兔同籠和植樹問題開始，我就敗退了，何況 sin、cosin 的幾何三角。我看著同學垂頭拚命趕時間，我的時間卻變得十分悠長，不知道自己剛剛為什麼要快跑到學校。窗外，五月的風吹著，操場外的野草輕輕晃動，我的心也怦怦跳動著。我想到可能領不到畢業證書，畢不了業。當小文和所有的同學離開學校後，只剩我一人重讀一年，變成所有人的笑話。在教室呆坐的光陰變得更漫長了，我漲紅著臉，身體微微發抖，心臟跳得更快，眼前的人生似乎發黑了。

考試結束時，我宛如敗陣的鬥雞，羽翼差不多全被拆折了。我低頭喪氣走在街道上，不想立刻回家，可是又不知要往何處去，就漫無方向一路走下去，我穿過車陣，走到人煙稀少的河堤，這是小鎮我最熟悉的地方。陽光仍十分熾烈、河堤也沒有遮蔭的樹叢，但是，我終於可以離開人群，暫時忘記可能發生的一切。

我蹲在河堤下的土坑，躲避惡毒的太陽，希望能夠想清楚下一步。明天的考試，我決定放棄，反正今天的測驗已經昭示我的命運。沒有人知道，十五歲的我在惡水掙扎著。

畢業典禮那天，氣溫高達攝氏三十四度，氣象局說，這是北部地區少見的六月高溫。當天，我穿著前一夜洗過，還有點潮濕的制服去學校，夾在一群群聽訓的隊伍中，我內心忐忑，不確定自己是否能領到畢業證書。當代表會主席、鎮長、校長訓話完畢，隊伍中抬走幾個暈倒的女生後，典禮總算結束，我也僥倖領到證書。

人群散去的瞬間，校園空空蕩蕩，只有隨風捲起的一片沙塵。我捱到最後，獨自在操場晃蕩，我問自己，國中畢業後要去哪裡，要做什麼。對於未來，我茫茫然毫無頭緒。父母從未關心我的求學生活，父親甚至說，女孩子不必念太多書，小學畢業就可以了。可是，當我想到，班上許多同學將會穿起綠色、白色或黃色制服，只有我一人被棄置在校門外，一顆心如同被繩索纏繞到不能呼吸。校園的鐘聲響了，在教室上課的日子卻休止了，我將好久不會再聽到銅鐘的悠長聲音。

夏季結束時，我在中央新村找到一份幫傭的工作，我提著一個塑膠提箱，裡面裝著幾本書和簡單的衣物出門。那天剛好是高中開學日，路上看到一波波趕上學的高中女生，這幅情景使我心頭更添鬱悶。我轉了兩趟車，來到這個陌生人家。每天，清晨六點先清掃房子，接著是做早餐、洗碗、洗衣、燒菜，再來是收衣、疊衣、煮晚餐、打掃清洗，家務似乎永遠做不完，日子機械沉悶得令我透不過氣來。

我所棲居的床位不到一坪，僅容一張木床。深夜，我坐在床頭發呆，腦中一片空白。在一個假日，我獨自坐車到碧潭，走在吊橋上，吹著輕風閒逛，舒緩了一些內心的窒悶，此刻，我的腦海飄過一些模糊的身影。離校才三個月，和同學相比，我卻覺得永遠追不上她們。

後來，我又轉往另一個人家做事，這對年輕夫妻生育三個小孩，所以除了家事，我還要兼做保母。將滿一歲的男娃娃餵養得好，抱在手裡十分沉重，我得小心翼翼照護他，家事以外的沖奶、洗尿布、小娃娃洗澡，讓我日夕忙碌不停。

這戶人家位在新興的忠孝東路住宅區，公寓後方是一間麵包店，左右有台北工專、懷生國中。每天下午四點，先是傳來麵包出爐的陣陣香味，接著是國中放學的悠揚鐘聲，那是我一天中最悵惘失落的時刻。我真希望屋內沒人，讓我可以放聲地哭一場，可是，我卻只能在後陽臺收衣服時，停住失神，望一下遠處的灰霾天空。

那年春節，女主人要大宴賓客，要求我年後再回家過節。我跟著她在廚房團團轉，一不小心，我在開酒瓶時，居然被破碎的瓶口劃傷大腿，女主人看了一眼，就回頭炒她的菜。在滿屋賓客中，我回到自己的小房間先壓住傷口，雖然鮮血持續淌出，我還是要端著菜跑進跑出。走春的客人散去，我依照平日習慣收拾桌面，卻毫無食慾，一時也忘了當天是大年初一。

離開這家人以後，記憶中麵包店早晚出爐的麵包香以及準點的鐘聲，總是一再地從我的鼻翼耳旁飄過，濃郁的麵包奶油味以及琅琅的讀書聲連結了我對昔日同學的羨慕、對未知的徬徨、對灰暗苦悶的青春的反抗。

另外一個夏天來臨時，我又提著行李上路，這次是到竹圍的電子加工廠當作業員，每天清晨七點起床，我和一列列穿著淡灰色制服的員工到餐廳排隊領早餐，接著就進入廠房的生產線作業。我拿著焊槍和錫條焊接零件，一天天做到成反射動作，沒有空檔想心事。這家大廠代工外銷音響，生產線末端日夜傳來測試產品的流行歌曲。那個年代最流行的就是鳳飛飛，日以繼夜，我耳中鳴響著她所唱的「一片楓葉一片情，片片都有我愛和憐……」時序還不到秋天，她的歌聲已經清晰地帶來了秋意，那麼寒涼，那麼悲戚。

有時候加完小夜班，過度的疲累令人不容易入睡。我單獨爬上宿舍頂樓，在黑夜中遙望淡海。末班夜車從台北駛來，車頭燈愈來愈亮，海面有網撈漁船的閃爍燈火，夏夜的南風吹著，我哼著剛剛學會的〈南屏晚鐘〉，斷斷續續唱著，有時拿著吉他，不成曲調撥著。這時，我感覺這世界只有我一人，沒有人記得我，我也不牽掛任何人。

在一個放假天，我往紅樹林的方向漫步，慢慢走到淡水高爾夫球場。那坡度起伏的遼闊草坪，和悶熱、遍布塵埃的工廠作業間是如此不同，我像是走入一個綠色天堂，天是那麼藍、雲朵又那麼白，風也輕輕吹著，雖然日正當中，我卻一點都不覺得熱，甚至到了下午，我也不覺得餓。

發薪日是作業員最開心的日子，我也不例外。我跟著同事雪雲去逛竹圍夜市，隔日回家，把買來的禮物帶給弟妹，一部分薪水交給父母。在短暫的假日結束後，我搭北淡線回宿舍。其實，淡水線並不長，可是火車一路嗚嗚嗚嗚，平交道起落上下，窗外景觀變化閃動。劍潭、石牌、北投一路穿過，過了關渡，我就如一隻要被關回竹籠的小鳥。「為什麼青春如此青黃慘綠？」有時，我自問。列車奔馳，我卻被拘鎖著，不能在這條路上跳車，難道我不能向這一切說不嗎？生命！生命！我在內心呼喊著，列車外的筆仔樹微微晃動著，遠處的觀音山霧靄繚繞，靜默橫陳，而我小小的心事只有在心內如海浪拍打著。

淡水線的火車就要開了。我多希望，那一回又一回，坐火車數算站牌的日子成為過去。我不想再聽到鳳飛飛的歌聲，最後的一片楓葉早已掉落，她唱起新的〈我是一片雲〉，而我也想自由自在，如白雲飛翔。

假日回家，陰暗的屋子仍然擠著我過多的弟弟妹妹，還有一雙睡眼惺忪的母親。父親依然不見人影，或許已經好幾天沒回來。弟妹們倒是很開心看到我，搶著我帶回的吃食。這時，我又覺得早一點離家是對的，否則我又能做什麼。

當我因為作業速度太慢被工廠辭退，終於回家時，坐上最後的一班列車，心中反而沒有解脫的喜悅。回到家裡睡在鐵床上層，我開始懷念工廠宿舍明亮的四人房，在那裡我有單獨的一張床、一個櫥櫃還有一盞檯燈，當然還有固定的薪水和三餐。淡水的海風和靜靜的黑夜，我在宿舍頂樓彈唱的時光，似乎都變得珍貴起來。那時，我獨自擁有廣大虛空的片刻，不需要像機器人一樣隨輸送帶轉動。回到擁擠的家，父母的爭吵、弟妹的哭聲取代了廠房的歌聲和隆隆噪音。到底哪一種聲音聽來更焦慮，我也分不清。

長我兩歲的大姊就讀夜校，白天當車掌。姊姊做事俐落，我搭她的公車，看她剪票、吹哨快速精準，十分威風。我也想去當車掌，但是面試第一關就被打回票，主考的站長看見我就搖搖頭，對一旁的姊姊說：「她長太矮了，連拉環都搆不到，人多時怎麼剪票？」

元宵節以後，台北所有的學校都開學了，失學的我又找到一個工作，這次是機靈的姊姊帶我去的，在清晨三點，她帶我到新老闆的家，老闆夫婦是水果中盤商，那天開始，我就跟著他們清早摸黑到果菜市場幫忙。個性迷糊的我，第一天，光要記清楚所有水果的價格和產地即是一大挑戰。早市的批發市場，天未明已經人山人海，早起的小盤攤商看來還未睡醒，個個都是強打精神出門的模樣。臨近中午休市時，市場內外遍地棄置的蔬果發出腐爛甜香，泥濘甬道推擠著臉色慘黃來撿拾果菜的人。腐葉爛果交纏的氣味飄在人群中，我睏倦到要倒下來。

冬日的凌晨吹著尖峭的東北風，那正是台北人在夢鄉甜睡的時刻，而我坐在搖搖晃晃的小貨車內，往果菜市場行進。陳老闆按下卡帶匣聽台語老歌，陳芬蘭唱著〈孤女的願望〉，「阮兜是無依靠的女兒……青春就要靠自己，心內才不會稀微」，早熟沙啞的童音觸動我內心無人可觸及處。

新季的綠皮椪柑早早上市，火燒柑也露面了，桶柑沒人要，春節前後的草山橘最受小販喜愛。鬧哄哄的早晨結束，有時候，陳老闆夫婦也會給我一、兩斤的柑橘帶回家，這一對厚道踏實的夫妻待我很好，不過，三個月後，陳老闆發薪水時對我說：「汝毋適合在這裡，去找別的事頭吧！」

在幫傭、女工、批發副手的時期結束後，我已經不曉得要做什麼。白天，我去鎮上銀行翻報紙，在分類廣告中尋尋覓覓。過了飢腸轆轆的上午，到戲院巷口吃一碗陽春麵，一天的時光忽然變得極為漫長。

有一天傍晚，我走在公車站附近，國中同學小文穿著綠制服走下公車，我轉身裝作沒看見，小文卻叫住我。我停了步，兩人相對，我內心十分苦澀，小文卻笑吟吟問我好不好。她問我，這兩年來在做什麼，為什麼都沒有消息，我勉強地露出微笑。小文說了什麼，其實我並沒有聽清楚。她不知道，有很長時間，我的身體和思緒經常是分離的。我常常恍恍惚惚不知別人說些什麼，並且我也不想聽。

春天來臨時，玉姨介紹我到日本料理店工作。我穿著和式制服，綁著頭巾，開店前跟著領班灑掃，營業時站在門口，客人一進門就跟著喊「伊呀塞嘛塞（歡迎光臨）」客人臨去，要再喊「喏麼阿里呀多（謝謝、請再光臨）」。一本厚厚的食單，中日文的菜名加上食物照片，讓我來不及背。我雖然手腳不快，可是因為態度親切，服務熱誠，有時也會拿到小費。

這家料理店位於西門町，多數食客是日本人，玉姨是店內經理，有時候會坐下來陪客人喝一盅清酒。餐廳大廚是一個瘦削的中年男子，每天從上午九點備餐到晚間九點打烊，這個一臉病容的男子不停地講黃色笑話，他還得意地說：「三天沒說雞，餐廳無生意」。晚上打烊，從老闆、廚師到服務生，一夥人就併起桌子埋頭賭十三支，有時還廝殺到天亮。

我白日去餐廳上工，一整天聽著帶有江湖氣的日本演歌。一聲聲的「荷未馬累、阿伊兮得」發自一個滄桑陌生的男歌手，窗外行人漠漠行過，面無表情，彷如無知無感，而天色卻隨著時而跳針的歌聲一層層加濃。

下班時，我走在夜色中的西門町，縱橫街道的店鋪輝映著各色交雜的霓虹燈，燈光下的人群行色匆匆，臉色黯淡無光，像是被汲乾血脈的魍魎。我想起六歲時，中華路的第一百貨開幕，我和姊姊跟隨母親去逛百貨公司，第一百貨和中華路的幾盞霓虹燈招牌閃爍著，我回家後興奮到一夜睡不著。那天的情景猶如昨日，算來也不過十年，如今的我，怎麼就被現實壓榨到喘不過氣來。

昨夜星辰昨夜風。料理店小妹生涯結束後，我回到熟悉的武昌街、漢中街一帶，白天的西門町忽然鮮活起來，比過去顯得真實生猛，連暗巷的拉客三七仔、歌廳、電影院散場人潮看來都精神飽滿。雖然我還是我，不過，我又長大了一歲，更有氣力應付眼前的生活了。

往後的年月，我依然在一個個被熱與塵所籠罩的日子前進，夏日仍然難捱。我又換了形形色色的工作，甚至做起小生意，到五分埔批衣服、在後車站批飾品、去濱江街批鮮花，在街頭自己做老闆。

不可知的未來在前方轉彎處，看不見盡頭的命運之路，到底將會帶我往何處去？經過一個個熱氣蒸騰、燠悶炙人的夏天，被一曲又一曲男聲女聲牽引，走入一處處分不清日與夜的地方，我好像體質變得更為堅強。當我照鏡子，看到鏡中年輕倔強的臉龐，露出一臉的不服輸，鼻翬下有隱隱的法令紋。我看著自己發亮的眼睛，心中想著「一定會有希望」。

這種堅強頑固的信念就如夏日豔陽輻射出能量，而飄散在生命中如塵埃般無所不在的挫敗，同樣依然存在。那從懵懂的夏日出發的旅程、那件遺落的塑膠行李箱、那大腿左側的傷疤、那午後出爐的麵包香、那召我迷惘的鐘聲、那我所不解的男性演歌、那消失的淡水列車，還有日落在西的血色黃昏，它們陪著我一路走來。我仍然感到深沉無人可解的孤寂，內在愈來愈易感，但外殼卻愈來愈堅硬。

# 暴風半徑

我三歲那年，貝蒂領頭帶來七個颱風。這並不稀奇，我出生的那年也有六個半颱風，那半個沒登陸的艾倫在日本徘徊，大雨卻足足下了三天，我就生在八七水災當天。

事實上，正準備下蛋的母親，在龍山寺外繞行一天一夜，台北無風無雨，只有煙霧的熱氣和巷弄濃郁的茉莉花香。在雲林濁水溪採收西瓜的祖父母，不知道東沙島的熱帶低氣壓和艾倫一路漫舞，摧枯拉朽奔向他們。我生下來那天，祖母正在暴漲的溪水中，抱著西瓜載浮載沉，「哎呀！這條命是抾轉來的。」

三天洪水沖走一千零七十五條人命，雖然，雨水不是我帶來的，但是我的一生開始就蒙上黑壓壓的一片人影。

貝蒂在一九六四年又回來了，這次規模中度、十五級風的貝蒂只是掃過東北部海面。那是我入小學的前一年，我清楚地記得，小鎮的竹林路圳溝還未加蓋，我由一群惡童帶領，有時也能在溝渠中撈回幾隻雜魚。

惡童的頭頭讓我印象深刻，那是個大我兩歲、頭頂有個癩痢疤的男孩，有一回他捧著一盒小美冰淇淋送我，我滿心歡悅，打開後發現滿滿的一盒綠色菜蟲，噁心的後遺症是到小美結束營業，我都還不曾吃過這家冰淇淋。

大家都說，那時的天氣沒有現在熱，可是，如果你愚蠢到在大太陽下，光著腳板踏在新鋪的柏油路上，肩膀上挑著一桶四十公斤的水，那你就很難比較熱度的問題。我和姊姊搖搖晃晃挑著水，一路潑灑著，或是相互埋怨，將一桶水棄置路中央，兩人準備回家討打。

夏日的燠熱是從屋瓦的隙縫流淌進來的，一屋子的人像醃泡中的酸菜，不斷冒出酸與熱的氣泡。我才七歲，可是我已厭倦眼前的世界，我不想要在陳舊的生活中醃製下去。

氣溫總是超過三十度，無可遁逃的現實來得太早。即使走過低矮的屋簷，外面也是強烈的熱氣，我穿梭在不斷分歧的巷弄，左右傳來不同質地的鼾聲，有的像悶雷，有的像野獸的狂吼。

我是個壓抑、被父母忽略的孩子，也因此有很多時間，流連街頭的連環圖畫店。夜晚被潛意識的怪力亂神驚醒，然後感覺熱氣進入體內，燒沸奔流的血液，於是我在黑暗中茫然坐著，等夜涼下來。

我害怕回家，母親或許躺在床上，或許蓬頭散髮在黑暗的甬道坐著；父親可能剛起床，或者點一根菸，想著一個晚上的賭桌得失。而他們兩人如果沒有爆發爭執，也許只是剛剛打完一架。

所以，颱風是被我期待的，窒悶後的一場暴雨，傾頭而下，彷彿是一種洗刷。而颱風夜總不尋常，一家人圍坐在燭光下，意外地，母親帶頭用雙手比出兔子的黑影，帶給我們少有的歡樂。

一九六九年，貝蒂第三度回來，熟門熟路穿過這座處於火山、地震帶的島嶼外圍，帶來一場虛驚。那是我小學畢業的前兩年，竹林路的圳溝已經加蓋，鬧鬼的中學大門關著，我在班上沒有幾個朋友，父母經常搬家，於是我也失去了一個個記不住姓名的玩伴。

兩年後，貝蒂的妹妹貝絲，以十七級風的狂烈脾氣，從美軍駐紮的關島一路掃向宜蘭。那是我剛剛進入國中的初秋，那也是我永遠不會忘記的一個颱風。

颱風登陸的前一夜，我習慣性地整夜難眠，到了清晨四點多，我決定穿上雨衣雨鞋，出門去尋寶。出門時，父母仍酣睡著，所以我很順利地在狂風中上路，風和雨時而交鳴、時而間歇上陣。

我走入暴風半徑，黎明前的天色特別黑，陣風狂嘯著。我的雙腳踏入大小的水窪中，有時感覺處在絕對寂靜的暴風眼中，就像在母體的嬰兒那樣安適平靜，但僅僅一剎那，這樣的平衡就被猛烈的風雨搖晃到失控。

清晨的街巷寂靜無人，我睜亮雙眼，注視著眼前被吹落的塑膠片或鐵片，來來回回，我獨自扛著一些塑膠片回家，就像風雨中的螞蟻搬家。

在急風驟雨中，多日來高溫蒸騰的鬱悶，似乎得到緩解，我盡情淋雨，任由雨水潑灑著，許多沒有答案的問題，一時間被遺忘在腦後。或許是風雨蘊藏了許多能量與奧祕，除了塑膠片換來有限的零用錢，我還滋生了新的力量。那一天，我下決定，只要再經過兩年的颱風季，我就要離開這座小鎮。

那是最難熬的兩年，也是生命中最炎熱的夏天。隔壁和我同年的一個男生，整個夏季抱著一個收訊不良的電晶體收音機，斷斷續續傳來〈老鷹之歌〉、〈美麗星期天〉的吼唱。我們隔著木板居住，我在上鋪可以清楚聽見他在屋內的聲響，但是直到我離開那條巷弄，我們彼此未曾打過招呼，以後，我也不曾再見過他。

貝蒂在隔年又回來，不過，我意興闌珊，沒有再出門撿塑膠片，甚至，我也不再關心颱風動態。那年夏天，沉悶的小鎮開設了一家海地西餐廳。有別於冰果室的這家餐廳，販賣咖啡、聖代、冰淇淋蘇打，我曾經跟著學校的死黨小文去過一次，餐廳內吹滿了涼風，裝飾著熱帶島嶼的椰樹及香花。

可是，我還是必須回到太陽白燦燦的街道上。小文在積極準備聯考，我卻摸不清楚自己的方向。在臨近傍晚，我爬上小文租住的閣樓，那像烘爐的鴿籠，裝載著兩個慘綠的生命，小文有明確的未來，我卻看著窗外，不知往何處去。

一九七五年，貝蒂款搖裙襬又掃進島嶼。小文已經穿上綠制服，而我卻踩著三輪車，車上裝滿鍋爐、瓦斯桶和一車的麻油雞要去夜市。我遠遠地看見熟悉的小文，全身又熱又冷，脹紅著臉，像個被逮獲的現行犯。

氣象局還是不斷發布颱風警報「本臺消息……中度颱風葛拉絲在硫磺島東南海面，將於九月一日上午登陸……」

那些年月，當颱風過後，我還是熱切地遊走在小鎮迷宮一般的巷弄，心神被滿地的尤加利葉香味所魅惑，有時也撿拾幾顆掉落的青澀菝拉，那是我生命中最暴烈的颱風年代。

我最後一次聽見貝蒂，是在一九八〇年。比起葛樂禮，貝蒂已無多大能耐，羽量的九級風偏西而行，從呂宋島南南東方登陸，再由呂宋島北北西方出海，撲抵恆春東南方海面時轉向東北遠離。那時，貝蒂已有許多男性幫凶，提姆、艾爾西、賀伯都算得上是有名號的。

我仍和自己作戰，對無解的生存意義死命地追尋，在一波波熱浪中和自己過不去。我早已離開小鎮，陷入更複雜、挫敗的現實網絡中。曾經，我在淡水的一座電子廠房的頂樓，獨自吞噬著早來的寂寥，望著黑夜的海面，再度拆解由無明啟始的一些習題。

我很少思念家人及朋友，只是依循著每日的作業規定，定時走向生產線，定時去餐廳領飯。許多年後，我才明白自己已走入一個解離的世界，外界發生什麼都與我無關，再大的季節風也吹不醒我。

當時，我並不知道，即使是在小鎮四處遷移，我的根仍然扎下了，而離開小鎮，是拔走了我還未長成的根脈。

以後，我走得更遠，漂泊更深。颱風仍然年年來，小文已不知何處去。

我曾走到一個沒有颱風的國家，想要試著生存下去。「有一個星球沒有獵人，但是也沒有雞。」小王子的狐狸友人深感遺憾。

一九九四年，整個夏季有六個颱風和一段不完整的愛情。我的朋友遠地而來，他不知道什麼是颱風，也未意識到暴雨將至等待著他。我咆哮、憤怒，那一桶桶的酸汁傾倒而出。假期未結束，他逆向而行，奔往颱風遠離的琉球島。

朋友回到那個沒有颱風的國家，告訴他周圍的人，「台灣是個可怕的島嶼，我遇到七個颱風，最劇烈的那個是我的女朋友。」颱風只能摧毀、不能成就愛情，我再次進入情感的無風帶。每當颶風掀走一切時，我就躲進這個安全的角落，重新等待。

有人說，「受過傷害的人，最懂得保護自己。」我已經從年復一年的災難中走來，那從小在無燈的晚上跟隨我，不斷增生、不斷餵養，由思緒牽連成的夢或者和生存意義有關的事，仍然糾纏我。雖然，島嶼的颱風季漫天風雨，西南氣流滂沱而下，那流淌沖刷而下的不是三歲那年，也不是十三歲那年的暴雨。前路迷濛，前半段的酸菜人生已獲得清洗，雨水仍繼續編織榛狉野莽，我卻走出暴風半徑，進入一個溫度與濕度皆謹慎控制的世界。

# 迷霧之街

我們在那條街謀食的時間很短，回想往昔，我卻覺得像是過了一輩子那麼長。

從古亭往中正橋，經過馳名的世紀豆漿店，第一個路口右轉，就是文化街。街口有一座永和大戲院，戲院前短短六百公尺，挨挨擠擠了二、三十家攤商。這是我們奮力擠進的滾熗地段，時間是七〇年代初。

這條街緊扣我的心，緣於街尾是我就讀的第一所國小。當時憨傻的我，每天要走過竹林路、沿著文化街去上學，早晨，我從河堤邊的弄尾出發，穿入殘破蛛網似的夾巷，左右張望過馬路，然後循小學的方向走去。在熟悉路徑後，這一條遙長的路變得鮮活起來，我經過開著小白花的七里香圍籬，路上有令人想望的蓮霧樹、菝拉樹，還有果實纍纍的木瓜樹。尤為甜蜜的是，沿路有許多含苞的木槿花，剝下綠萼，即可吮出香甜蜜汁。冬日的飄霧清晨，走在文化街上，就如飄在雲端，鳥兒啁啾振翅，我也覺得自己正在飛。

重新和這條街往來，是前青春期，那時，我即將脫離蒙昧狀態，剛剛感知周圍世界愈來愈複雜。猶如我穿越的巷弄愈來愈分歧，我不明白的事務也愈來愈龐大，這使我有了心思，也多了一些煩惱與期待。

在一個週三下午，姊姊帶領我左彎右拐走進一處院落，我進入後，看見房門內堆滿了鍋碗瓢盆，其中，最讓人注目的是一具發出熊熊烈焰的快速爐，爐上的大鐵鍋正滾燙著，熱氣中瀰漫著麻油、薑味與酒香。原來，父親在這裡租屋料理油湯，我不知道父親何時租下此處，油湯又賣了多久。之後，我成了父親生意的第二幫手。每天下課後，我就揹著書包去院落。這裡的五戶人家都賣油湯，做彰化肉圓的那一家，門口總是堆放一層層蒸籠，當掀開籠蓋，蒸布上布滿一個個半透明、蓋有紅印的肉圓，看到蒸好的肉圓，我就餓到腸胃絞痛起來。

星期天是我一週的大日子，早上九點還沒睡飽，我就被補貨回來的父親叫醒，接著是毫不間歇的勞役。在父親的指揮下，姊姊和我依序先清洗各種用料，有素類的苦瓜、蘿蔔、金針、香菇、芫荽，有葷類的雞鴨排骨、豬肉、腸肚等。在滌淨過程中，最讓我想嘔吐的是翻洗大小腸，一條條的腸子摸來滑溜溜，必須先抓緊一頭，再用一根竹筷抵住腸頭，然後翻至腸尾，接著除去附著的黃綠排泄物，再反覆沖洗乾淨。清理時黏滑的穢物沾滿手，洗完後，氣味仍久久不散。和此相比，在砧板上切一整包紅蔥頭，被嗆辣到眼淚直流實在不算什麼。在備料時刻，我們三人忙到來不及擦汗，大顆大顆的汗珠不斷滾落，除了因為趕出攤的緊繃，房間前後三具快速爐蒸煮沸騰，也燒出逼人烈焰。空氣中層層疊疊雞湯、藥材、芋頭、香料煮滾的食物香，火焰與香氣在陋室交織出一個華麗的世界。

黃昏將近，是一天中最忙亂的時刻。父親先將蒸籠架上攤車，再抬著一鍋四神湯嵌入攤板內，並召喚我們將一桶桶熱騰騰的油湯料搬上三輪腳踏車，最後再補上兩桶瓦斯。在一切備妥後，姊姊騎著三輪車在前，我幫父親推著攤車殿後，三人小心翼翼卻一路搖搖晃晃往戲院前進。而一路上，我和父親一樣忐忑難安，原因是我們沒有專屬的攤位。將攤車推到夜市，看著夜街被麇集的飲食攤點燃，我們卻只能在一旁乾等，要等到確定哪一攤不會來，我們才能去卸貨擺攤。此時，我心裡才鬆一口氣。

賣油湯的一整夜，食客如潮隨著時段襲來。在白日的最後一抹淡彩抹去後，一列的攤家拉起延長線，轉上電燈泡，瞬時，一條不起眼的街段就被點亮了。隨著各攤爐火燒旺、燒炒蒸煮煎烤的百千種食材氣味揮散開來。這時，攤家所稱的「第一水」就湧上來了，一群群放學、放工、下班的人潮，奔向熟悉的炒米粉、肉羹湯攤，或是擠到大滷麵、酸辣湯的火爐旁。有如水潮的第二波，是在七點電影散場後。這一波是屬於攤販所說「吃巧毋是吃飽」的客人，這群人最是精挑細食。最末則是十點半以後吃消夜的人群，那時已接近夜市生意的尾聲。

第一波人潮，我們通常都搶不到。原因除了必須等空位有關，最關鍵的是，我們小小一個攤車，賣的小吃太多，準備作業繁複。不但有麻油雞、當歸鴨、四神湯、豬肚湯及各式排骨盅，還有刈包、筒仔米糕。所以，當我們還在卸瓦斯桶、架桌椅時，別家已經賣到熗熗滾。

我家攤位最搶眼的時段，是從九點到十一點半。那時，我們父女三人，父親掌攤，姊姊算帳、找錢，我則跑腿、擦桌、洗碗。當食客湧到時，父親從大蒸籠捧出一盅盅苦瓜、金針排骨湯，又倒出一筒筒米糕。右邊的兩具快速爐火正旺著，燒滾的麻油雞、當歸鴨正待分碗給客人，一會兒，他又回頭執剪，一段段剪著豬腸、豬肚，放入一個個淺底的陶碗，再舀上一瓢瓢四神湯，喚我端給客人。在六十燭光的燈泡照射下，父親的臉若隱若現在一片水霧裡。

在街上賣油湯的第一個月，我一點都不覺苦乏，夜以繼日的勞累反而讓我充實舒坦。當我想到，一碗碗湯食，都將換成一張張鈔票，換來家人的笑聲，換為我的學雜費，那一刻，蹲在煙塵迷黯的角落洗碗的我，手腳就更為加快。

在凌晨一點前後，馬路轉為空蕩，父親說一聲「收攤！」我和姊姊就立刻彈起，我們關掉電燈、收起桌椅，準備回家。這時除了我們，夜市僅剩財哥一攤。我們收好攤車，父親推車走往租處，姊姊踩著三輪車，我則跟在一旁默默走著。入夢時分，街頭悄無聲影，三人都累得不想說話。

回到鼾聲四起的院落，我們卸下箱籠，並燒煮一鍋水清洗鐵鍋、蒸籠，這才算結束一天。此刻已凌晨三點，父親騎腳踏車離去，留下我倆看顧一屋子的謀生家當。這間儲藏室沒有門，只有一片布簾，周遭堆放各種物料、器皿，門前就是兩個瓦斯桶。我和姊姊擠在三夾板隔出的儲藏室地板上，我躺著看天花板，一夜的疲勞及亢奮仍未紓解。白日的快速爐火焰似乎仍旺盛燃燒著，空氣中也彷彿漫溢著豬腸臊味及肉桂辛香。八坪的租處，被油煙鑊氣加上穿透屋瓦的西曬餘炙燜煮著，熱得像一座大蒸籠。

我是國三生，很快就要參加聯考，每一天對我都很重要，當我想及這些事，腦中思緒就被絞亂了。我經常失眠，但有時也能在天亮前，窗戶隱隱沁入絲絲涼意間睡去。當我醒來，聽到院落嘈雜人聲，我就慌了手腳，套上留有隔夜汗漬的制服，往學校奔去。往往衝出門時，已經上午十點多了，不僅趕不上早自習，而且還缺了兩堂課，眼見來不及上課，又想到老師的譴責目光，我就沒有勇氣進教室。

我餓著肚子在鎮上遊蕩，有時去銀行看報，有時在文具店看嚴沁、依達的言情小說或當期的《姊妹》、《南國電影》。因為我連一塊橡皮擦都沒買過，當我上門，老闆娘總是利如鼠眼緊盯我。幾回之後，我確認鎮上的圖書館才是最佳避難所。在狹小的閱覽室，我夾在有限的座位中，望著窗外數算行人，等下課學生群出現，我就氣喘吁吁跑回家。

出攤時刻，用明礬反覆清洗過的豬腸正在燉煮，糯米油飯已蒸熟拌炒，我搬來一籮筐圓鋁筒裝填，趁機先塞下兩團油飯，由於吃得太猛，差點噎住。

後來，姊姊去上補校，換成我負責踩三輪車，車體載重超出我的體力負擔，並且雙腳離踏板差一、兩公分，要踢踢踏踏才能踩動。我坐在車頭前，感覺像長高了二、三十公分，附近移動景物可看得非常清晰，如同俯瞰眾生。當意識到我運載的是家中米糧，內心尤其充溢一股神聖感，心念形成氣血奔騰，我的雙腳踩得更加起勁，一時倒讓我忘了整天逃課的羞恥感。可是，當車抵街心，看見父親仍枯站在街角等攤位，我又如被打了一棒，疲弱到無以復加。

父親的攤位東挪西移，有時，我們左邊賣蝦仁羹，右邊賣蚵仔煎；有時左側是水餃攤，右側變成烤玉米。其實不變的是別人，他們一直踩在自己的地盤，是我們沒有攤位，天天在變。

在街上生活的時日益久，我伸入這條街的觸角愈多，每晚除了去比較各攤的食材優劣，我也去注意他們如何拉攏客人。同時，我漸漸發現這條街並不單純，不是只有攤家和食客，這條街有如迷霧籠罩，首尾之間藏了形形色色的人。

幫派分子定期出現，帶頭少年仔會挨近我父親身邊，兩人相互望一眼，父親就從攤架上層的錢筒掏出兩張百元鈔遞給他。夜巡的管區警員會周而復始問候攤商，臨走時和人握握手，攤家都很有默契以捏在手心的錢回禮。夜市中，最習見的是佔據桌椅的酒鬼，他們點了海帶、豆乾就可以喝整夜，這是飲食攤最不歡迎的人，而這群人喝多了還會訐譙，也會嚇跑鄰桌。夜最深暗時，最後的一群人就現蹤了，他們蹲在垃圾桶旁翻翻找找，找出一些可變賣的紙箱和瓶罐。

有一個天天出現的啞巴，沒有人知道他的姓名、來歷、平日住哪裡。不過，因為他的街友資歷深，大家也認同他是圈內人。啞巴身體健壯，人半痴半傻，可是，在攤家載貨運補時，他經常會幫忙出力，因此每天也能賺點小錢。

有一晚，我蹲在公共電話亭下洗碗，人來人去，我都沒有抬頭看。忽然，耳邊響起沉重的腳步聲，有人走進電話亭，只是，為何那人佔著電話亭卻不說話？我仰頭看見他的背影，看他拿著話筒「嗯呀嗯啊」發出難辨的聲音，我起身觀看，原來是我熟識的那個啞巴。他用力抓著話筒，臉都脹紅了，但卻不成語句。耗了五、六分鐘後，他徒然放棄走了，任由聽筒垂落在地。我很好奇，他要打給誰，要和誰說話。

夜市生活有時也驚心動魄。一天深夜，財哥的爐火正旺，他快手炒著什錦麵，幾個賭場圍事卻前來討債，雙方一言不合，一名黑衣男子趨前抓住財哥衣領，財哥放任烈火熊熊，回身操起一把尖利的沙西米刀砍了出去，頓時鮮血濺出，一夥人砍成一團，鍋燒焦了，食客也跑光了，我們也趕緊關燈閃到一旁。

在生意清淡的夜晚，我四處閒逛。有一次，我從戲院後門的暗巷撿回一堆針筒，心想拔掉針頭，可以給弟妹做玩具。父親看到我捧著這堆針筒，怒罵我：「汝毋驚死？猶毋較緊丟掉，這攏是阿西彼个垃圾人注嗎啡用的。」

「阿西？」我腦中浮起一個蒼白矮小，眼眶凹陷泛紅的人。阿西是理髮店的剃頭師，父親在那裡剪髮，我也曾經坐在架高椅凳上，由他幫我剪過西瓜頭。

夜街布滿徬徨的臉孔，有咬著一口水煎包，雙眼卻失神發呆的中年女人，也有失去方向感的失業漢。這是一條黑暗之街，三七仔會在暗處出沒，旅社的妖嬈女子公然勾搭。有或明或暗的毒販，有貼身探尋的扒手，也有伺機獵捕的變態色狼。

那無盡的夜晚，使我領會人生的寥落與荒涼，也讓我的心智有奇異發展。我雖跟不上學校課業，可是卻提早進入成人的生活。我能養家活口，並不比有些大人差。

有一天黃昏，我踩著沉重的三輪車，忽然看見血水沿著褲管滴落，我不知道那是初經來了，還以為自己勞累過度將會死去。我的青春就這樣日與夜燃燒著，夾雜了許多新生與難明的事務，我不清楚，所有人是否和我一樣惶惑混亂，我很想問問別人。

那個時期，對街的兩家唱片行，夜夜用大型音箱放送流行歌曲。歐陽菲菲唱出〈熱情的沙漠〉，增添夜的熱力；姚蘇蓉唱著〈今天不回家〉，一遍遍喊著「遲歸的人兒呀！你為什麼不回家？」猶如在質問我父親；歌聲甜美的鄧麗君唱〈月亮代表我的心〉，像是為少女織夢。一夜夜隨著唱針旋轉，我的小宇宙也在轉動。

那年冬天，有一個二十多歲的計程車司機，常常來吃當歸鴨，我端湯給他時，他總是會對我笑一笑。不知何時起，我開始注意到他。那時，對街經常播放鳳飛飛的歌聲，她唱著「一個可愛的微笑，忘呀忘不了……你可曾知道？」我則把歌聲與他的笑容連結在一起，那是我初次對一個陌生男子有了想念。

一個下雨的晚上，我們提早收攤，我以為看不到他了，內心非常失望。沒想到，他忽然出現攤前，笑著問我：「還有東西吃嗎？」我一時傻住答不出話來，是父親接著說：「有，要吃什麼都有。」

事隔多年，我仍記得另一個冬夜。那天我見到他開門下車，內心不禁雀躍，但隨即看見一個三十多歲的女人，下車跟在他旁邊，兩人對坐，親密交談，我偷偷瞧著他們，眼前的夜完全黑掉了。左右人潮如流水穿過，市街百音雜陳，我卻失了魂，什麼都沒聽到。

多年後，我在主流媒體當記者，有一晚搭公車回報社，車內擠得滿滿的，我貼在門邊，結果司機對我吼：「小姐妳退開一點，不要擋住視線！」他轉頭時，我愣住了！那不是我十五歲所懷想的人嗎？這個約莫五十歲的男子面容倦乏、衣著過時，或許是長年寡笑，鼻翼法令紋深如刀刻。我望了他一眼，靜靜沒有回話。多年以前，尤雅唱過「時光一逝永不回，往事只能回味……你就要變心像時光難倒回」。眼前的男人，我從不知姓名，也沒有人變心，這趟車卻讓我破碎的暗戀都難再回味。

沒有做過油湯的人，不懂在冷夜守攤的滋味。這種天候街道寂寥、行人稀少，一整夜，油湯成本都賺不回來。整排的攤商搖頭嘆氣、叫苦連天。當同齡的人都已安枕入夢，我卻蹲在地上洗碗。成堆的盅盅碗碗凝結出一層油脂，冷水洗油碗，膩人又滑手。面對浮油的洗碗盆，我邊洗邊想著心事，希望早早收攤。

夜色晏時，人流冷清，父親意興闌珊，這時他會囑咐我顧好攤頭，別到處亂跑，隨即將裝零鈔的圍裙卸下，把攤架上層的一疊整鈔帶走。父親退場時間愈來愈早，有時夜間九點即不見人影，甚至攤位才安妥，他就消失無蹤。父親一去不回，我們三個孩子經常捱到凌晨一兩點，只好動手收拾，顫顫巍巍合推攤車回家。

多年以後，我在歐洲時和姊姊通信，姊姊回信提及，二十多年前的一個冬夜，我們行在落雨街道，她和弟弟合力推攤車，我踩著三輪車緊跟在後，行路艱難，令她永生難忘。我長年幫父親收攤，卻忘了這獨具滋味的一晚。我倒記得，有一回我沒去顧攤，父親發怒四處找我，結果在圖書館的狹弄撞見我，他不由分說，抓起地上的粗木棍毫不留情地痛揍我，我被毆擊到跪地喊著：「阿爸不要打我，我下次不敢了！」然而，父親仍不鬆手，那才是我油湯生涯中最刻骨銘心的一刻。

對於父親的厲色內荏、失志隳墮，我痛恨異常。國中畢業後，我離開小鎮，去尋找自己的天空，我斷斷續續換了幾個工作，時而也回到街上賣油湯。兩年多後，父親賣掉生財器具，沒有賣掉的鐵鍋陶碗就留作家用，我們離開那條街，算是永遠收攤了。之前，我曉得他已撐不了多久，只是，我們撤退的場景太難堪。

那是一九七六年的春節初一。天色才濛濛亮，我就起床，隨著家人備料燒煮，早上十點在連串的鞭炮聲中出門。這天，我們終於有了一個絕佳攤位，地點就在戲院廣場出入口。當攤車安妥，管區警員卻來驅趕，無論如何，就是不讓父親開張。他對父親大吼：「馬路本來就不是做生意的，有本事你去分局告我，不然你去找代表（鎮民）來好了！」有攤家見狀幫忙關說幾句，但被管區硬生生擋回去。

這個管區懷恨父親不按時交規費，當天存心鬧攤攪局，他大聲嚷嚷時，路人都靠攏圍觀，一時，我們成了街心焦點。攤販很迷信「碰頭彩」，例如，剛營業就碰上囉嗦的奧客，那一整天就會很背運。

在拗了一個多小時後，怒懼交加的父親忽然喊：「收！」我驚訝地看著父親，他又喊一聲：「收起！」我收攏桌椅，關掉瓦斯爐，並與姊姊把一桶桶米糕、麻油雞、當歸鴨等吃食抬上車。父親和姊姊在眾人面前推著攤車往回走，我騎著裝載過重的老舊三輪車。一圈圈念頭在我心中浮現，「這個大過年不怕沒東西吃了，吃不完還可以拿去送人吶！」對於父親站在街心畏事怯懦，在家關起門毆打妻兒卻出手殘暴，我心中燃起了無名火。

倉促結束油湯生意後，在鎮上出沒，我總是會刻意避開文化街那一段。我厭惡這個噬人的小鎮，再度選擇離開，從此做一個漂浪之女，輾轉放逐在他鄉。祖母逝去後，我幾乎不再回到小鎮，也很少和家人聯繫。

一天下班後，我想尋找吃食，街頭傳來熟悉的麻油雞香味，我忍不住點了一碗，坐在大街喝了起來，立刻吃出這家湯頭沒有我家好。我在街上短短的兩三年練就了敏感的味覺，可以辨別排骨湯有沒有摻味精，蚵仔是不是來自嘉義東石，也知道好喝的四神湯要放什麼。然而，我也憶起，豬腸的黃綠色穢物、洗不完的盤碗、被當歸鴨燙傷的疤痕，還有那折騰人的熱夜與寒冬。

很久以後，我才知道永和戲院宣告停業，鬧街飲食攤也一夜間散去。記憶中的夜市，在永和路與文化街交口的第一家，是發叔的果汁攤，接連是阿伯的花枝羹，再來是一座公用電話亭，旁邊是我二叔的涼水攤，他休業時由我們擺攤。接著是阿國嫂的蚵仔煎、老鄉的水餃攤、相依母女賣春捲、單身漢的玉米攤……。那一攤攤的食物我都吃過，每個攤商我都認識，我們也相互分享油湯人生的歡笑與哀愁。

那群攤販哪裡去了？他們後來靠什麼營生？我離去的時日太久，就算遇見這些人，我們能認出彼此嗎？依街維生已是二十六年前的往事，我回到街頭，可是沒有人認得我；但那個蒼白貧血的青春期少女，我又何曾認識過她，珍視她的困頓與獨特？我總是無情地、比誰都凶猛地壓迫她、責備她。有多少人能明瞭油湯歲月對我的影響有多大？許多年來，我總是在夢境中舀一碗碗的四神湯，倒出一筒筒米糕；夢中的我經常穿過對街黑漆漆的牆縫，從幫浦打出一桶桶水，又驚又怕，一路濺水過街。去而復返的夢，出現不同的攤家和吃食，有人聲光影和面目模糊的人。

位在戲院樓下，有一家鎮上有名的三仙園餐廳，以前天天經過，看見門口兩座巨大玻璃櫃的游水海鮮，我都會停下觀看，而遮掩的玻璃門內不斷傳出「撒來九來」的划拳聲，更增添想像與味。當年一般人普遍吃不起三仙園，那是逢上結婚喜慶，鎮上的人擺桌做場面的。我一直很想在賺錢以後，能夠風風光光帶著全家人來點一桌菜，讓高䠷的服務生為我們介紹每一種魚蝦貝蟹。然而三仙園已經關門倒店，傳說老闆阿三哥輸掉店面，改在老戲院外牆賣排骨便當。如今的文化街拓寬為可容公車通行的雙線道，道路畫上雙黃線，違規停車要開罰單。

我走入暗巷中荒廢的王氏圖書館，破爛的房屋連門都沒有，而鄰近的窄巷仍是僅容兩、三人側身。聽說，圖書館發生一次大火，因為消防車開不進去，水喉又不夠長，一家人活生生燒死了。夜益黑、巷更暗，永和雖升格為市，內裡的蛛徑巢穴卻永遠藏身著許多不見陽光的人。那過往的燈火輝煌終究熄滅了，路上已經沒有老鄉的山東水餃，也沒有阿伯的獨門花枝羹，昔時味已然飄散，我在此流連什麼呢？

我以為永遠都不會再遇見那些人，但是，六年前么弟結婚，席開二十桌，在走道右方的兩桌，坐了一群六、七十歲的人，我走進細望，驚訝發現原來他們是陪我在夜市成長的人。他們已經老去，可是我卻一一認了出來。那位右眼白內障的老人是一年四季賣果汁的發叔；笑瞇瞇的老婦是阿嬌；阿國夫婦仍和從前一樣，見人就扯嗓寒暄。以前在街上賣愛玉冰的二叔叫住我，斥我說：「這掛人是誰，汝敢攏毋熟似，袂曉向阿伯阿嬸問好唷？」二叔的嗓門奇大，他用前後四桌都聽得到的音量說：「這是阮阿堂的第二查某囝啦！佮以前共款無大漢，嘛猶未嫁出去。」阿國嫂笑問：「哪會攏無擱大，是不是當時予瓦斯桶太重壓矮的？」我又尷尬又欣喜，他們居然還記得我，也記得我往日的模樣。他們誇讚當時小小年紀的我，能夠一人對眾人站上檯面，穩篤地應付來客，十分不簡單。

每個人津津道來，彼此互訴當年夜街繁華，時光似若倒退三、四十年。這群幾近耄耋的人，男男女女眼睛發亮、神采奕奕，似乎都返回壯年。我很懷念沒有出現的三個老鄉，也想起那個啞巴，以及多年前那個垂下的話筒，他說不出的一通電話。

重逢的這一夜，我無心品嘗婚宴菜色。隨著往昔氣味不斷漫漶開來，湯湯水水，飯麵蔥香，許多遺忘的瑣細忽然清晰地浮現。（一位在酒店吹薩克斯風的常客，他總是深夜才來，並能在不同位置找到我們這一攤，他最喜歡吃刈包配上一盅金針排骨湯。）

時光並非一逝永不回，尤雅唱錯了，這群從各處奔來的伯叔嬸嫂，臉上寫著歲月可以重回。他們帶領我，重遊昔日那條迷霧之街，為我打開塵封的箱籠瓦罐，重新點起熊熊烈火。此刻，延長線彷彿又接上了，一整排的攤家全都亮了起來，我在腦中的攤車間尋遊，一次次沉醉在色香味交疊的羅網中。

多少時日，當我陷入深淵關卡，在終夜未眠的時辰，我想起那條街的面貌，那群設攤謀食的人，攤位上的一張張臉孔，還有我自己踩踏過的路。我已四十出頭仍對未知的明日迷惘，仍保有昨日的倔強，雖然一路行來跌跌撞撞，但我並不懊悔走過的路。今夜，老街坊們為我添薪加柴，那條陽光雨水露濕霧濃所照射浸潤的街市，那段難以釋懷的時光，對我而言有了新的詮釋，那是屬於我獨有的永恆青春。

【輯三】

# 我父親的賭博史

如果我早知，
賭博之於賭徒，
就如皮膚病附著於皮膚，
很難治癒，
或許做為一個賭徒的女兒，
我不需要再背負成長的原罪，
人生可以少掉許多折磨。

# 味之慢

吃肉，似乎已經被這個時代所唾棄。

但是有關吃肉的記憶，對我來說，卻是滑潤香腴的。從蒜泥白切肉、焢肉到東坡肉，還有我新近迷上的醋燒肉。

童年時，常聽祖母說起，日據時代吃番薯簽的苦日子，「彼一時，做月內，偷藏一塊肉佇稻草堆，攏予日本人用叉子挖出來。」

在我家中，年節或者是鄉下的姑姑上台北來，我們才有一頓豐盛的餐食。姑媽扛著濁水溪剛採收的大西瓜，一袋米和兩隻竄跳的活雞，一路從二崙庄腳顛簸前來。當天晚上，母親會借錢打點出魚肉，而祖母和姑媽相互夾菜，你推我讓，接著，我們就眼睜睜地，看著一塊香噴噴的五花肉掉在地上。

祖母頗愛餐桌上有道紅燒肉，有時用五花肉和蒜苗、茄子或芋頭同燒，有時紅燜的腿庫肉。不過，這是放在祭桌上讓祖母享食的一盤盤肉。

我也和祖母一樣，喜歡吃肉。可是，當我在人聲鼎沸的食堂，咬著一塊紅香黑透的滷肉，常常不禁陷入惘然的片刻，回想起小時候，祖母牽著我上市場。總點一碗油麵，湯裡飄著韭菜和兩片薄肉。

昏黃的晚秋時刻，我在半明的廚房，做一道「醋燒肉」。我拿出一節前段五花肉，用熱水汆燙過。接著起油鍋，放入蔥、薑撥炒，隨後在鍋內淋一碗南門市場買來的大陸鎮江醋，醋和肉平鍋，等水燒開了，將火轉小微燉。等待的一小時，我在陽臺坐著，遠望太陽滾落西方。醋燒肉烹煮時水不能燒乾，並且要丟入一粒八角，等到油汁金亮，最後放入冰糖，再燜十五分鐘，就可起鍋。這道被浸透馴服的醋燒肉，吃來濃郁，但是那猶有餘韻的醋味，卻使我心底的某一處酸了起來。

# 尋

大年三十的黃昏，我在屋內徘徊，不知出門還是留在屋裡，而不管是哪一項決定，我可以確知，自己都將難安。我離家漂泊多年，心中早就沒有家了，我要去哪裡過年呢？

最後一抹的暗光沉沒了，我在黑暗中收拾一番，決定踏出家門。我想去看阿媽，很多年沒有到她的墓地，但是，我確信記得方位，我會找得到，靜靜安躺在地穴的她。

沿著河岸，我坐在出租車上，往中和的烘爐地方向前進。在夜色中行進，我緊閉的心和兩旁倒退的一片歡樂是逆反的兩條路。

風中的車聲急迫嘶鳴著，路旁的黃昏市場，花攤上盛開著紅色劍蘭以及黃菊花，景象多麼熟悉。我的慘白青春年歲，總是在大年夜守著賣不掉的鮮花，期待吃過年夜飯的人們，帶著領過壓歲錢的小孩來買花。一年一次，他們黯淡的家會因為這火紅的劍蘭，增添一些幸福的喜氣。

穿起新棉袍的阿媽站在街角，遠遠地望著我守顧的花攤。如果有客人前來詢問，並且停留得夠久，甚至完成了一筆交易，阿媽的笑容就在黑夜中盪開了。那小小的、矜持的微笑，像年夜空中的爆竹，在一整年的尾端才炸開來，笑容的底部是阿媽一整年的愁顏。

「講价恁阿爸，我心內就艱苦……」在懵懂的年代，阿媽在閒談前，總是用這句話開場。在鄉親家人眼中不肖的父親，十四、五歲就不肯耕作農務，一心只想來台北，來了台北，蹉跎流浪三重埔，卻沒有安穩的工作。

童年時，常見阿媽走進我們空蕩蕩的家，弟妹對著她喊餓，面對一群飢餓的小孩，她也不知如何是好。精神脆弱的母親躺在床上，而父親也在房內睏眠，對清晨才從賭窟爬回來的父親，黯沉的昏黃時光正宜補眠。阿媽難受地搖搖頭。那時候，我並不懂，為什麼我的父母終年日夜顛倒地生活，而我們總是感到強烈的飢餓在腹內焚燒著。

相反地，阿媽自己每日的生活卻規律嚴謹地進行。她保持農務時代勤於勞動的習慣，早晚敬神燒香，敬謹地維持著家鄉的生活儀式。穿著灰布衫的阿媽，總是表情嚴肅，很少露出笑容。

離鄉到台北，阿媽很少真正開懷。她想念二崙鄉的親人，可是，很少有回鄉的機會，只能靠著不經事的孫女，蹲在屋簷下為她又塗又寫家信「親愛的姑父姑母大人平安：我們在台北都很好，祖母特別想念你們……。」阿媽在陌生的台北生活，失去了和家鄉的聯繫，她被連根拔起，內心有多麼痛苦與不安，我直到多年後才明白。

對面緊挨著的車輛，有如一枚枚焦躁的發光體，流淌的光河伴隨著我前進，阿媽的身影不斷在我腦中盤旋。幼時的我總是緊跟著阿媽。大清早，阿媽捧著一面盆的衣裳，有大人、小孩的衣褲，還有初生妹妹的尿布，走到河邊。我跟在後頭，河岸的洗衣婦人成排，蹲踞在一塊塊光滑的石頭上，阿媽加入她們的行列，我則在草叢間晃蕩。

夏日的黃昏，我和阿媽共擔著一桶餿水去河堤下的豬圈餵豬。如果天空還留有餘光，她會領我在草叢逡巡，尋找野菜以及燒煮涼茶的藥草。天色黯淡後，我們拎著空鐵桶回家，阿媽在前，我緊跟在後。阿媽向來不多話，我也不是吵鬧的小孩，所以，我們像結束辛勤工事的疲憊工人，靜默地吹著涼風走向歸途。

阿媽有二十五個內外孫，但是，全部的孫孩，她最偏愛我。小時候，大人常故意問我：「汝是誰的囝仔？」我一定會回答：「阿媽的囝。」阿媽特別疼我是有原因的。聽父親說，我落地三天，母親就生病住院，他不會餵養，準備把我送人，是阿媽不捨，強把我留下。此後兩三年，阿媽除了理家也擔負著養育我的責任。

家人常常說，我的命是阿媽撿回來的。在我一歲多，剛剛學會走路時，有一日，阿媽在屋內洗衣，我搖搖晃晃走出家門，忽然被馱負著磚塊、砂石的牛車輾過。在鄰人驚呼下，阿媽從房內衝出來，抱緊全身血淋淋的我，赤腳衝往附近的診所，診所的大夫搖搖頭，左右的人喊著：「送台大！送台大！」阿媽經人提醒才召喚三輪車轉往台大醫院。

這一段經過，在我的腦中是空白的，但是，經過家人反覆敘述，使我對阿媽的情感愈加深濃。叛逆的青春期，我和父母關係惡劣，因而常去二叔家找阿媽。兩人相對，並不多言語，阿媽手頭忙著雜活，偶爾抬頭問我：「有食飽麼？」或是問我的父親有沒有按時出攤。

出租車往荒涼的方向前進，中和烘爐地的墳區已在前方。付車資時，前座司機投來困惑的眼神，我一時恍惚，忘了應該多給他一個紅包。

我往前行去，昏暗的路徑難以辨認，然而，我仍不死心，依憑著薄弱的記憶，想要找到阿媽的墳垛。「阿媽！阿媽！」我在心中一遍遍喚著，希冀阿媽帶領我的方向。

阿媽的葬禮在盛秋舉行，我沒有趕上她彌留的時刻。等我趕回家，只見阿媽的遺體端正平整地放在客廳中，我惘惘然，屋外的吵嚷聲似乎十分遙遠。

蓋棺之前，我趨近細看阿媽的臉，她的臉色蒼白蠟黃，眉頭依舊微皺著，

「阿媽汝敢兜放未落？」我默默在心中問她。當棺釘敲下時，我的心也猛然被刺穿了，血由傷口奔流出來。

在出殯的隊伍中，我像外人一路跟著，「阿媽汝佇兜位？」我內心呼喊著。我的前方已不是流露羞赧微笑的阿媽，那多少年來，領著我在小鎮街巷穿往的老人。當下，逝去的歲月轟然來到眼前，我們一前一後走著，偶爾，兩人稍微停歇，擦拭額頭滴落的大粒汗珠。

阿媽的墓地面對河岸的方向，送葬隊伍爬上土丘，掘墓人開始挖土。受僱孝女團哭聲震響，聽來那麼不真實，也顯現出一幅荒謬虛空的圖景。

許多年後，我開始間歇性地夢見阿媽，經常是同樣的場景。她總是住在一間小小的磚房，有時躺在床上；有時是坐著，她依然身穿淡灰、深灰的布衫，但是，她已經沒有那麼忙碌了。我總是問她：「阿媽妳食飽未？」一夢中的阿媽依然淺淺笑著，但是，她不再過問父親的營生，只是專注地和我說談。剎那間，阿媽的身影消失，我一遍遍喊著「阿媽！阿媽！」卻在空空蕩蕩的昏暗晨光醒來。

我成長的年歲有那麼多和阿媽共度的哀愁與歡悅，細細追憶，過去的每一個片刻都像晶瑩露珠，存在過卻無法拾回。

我在暗夜中徘徊，遠處有許多人吵鬧著，這是一個尋找平安幸福的夜晚。黑夜的星空，弦月垂掛著，四周的星群發散光點。我頹然坐在土堆上，在這個大年夜，我跑來烘爐地的墓堆，就著星光，憑靠著有限的記憶，瘋狂地尋找，但，那永遠失去的時光，我怎麼找得回來？

# 混亂與早期的煩惱

那個炙熱的夏季，我經歷了許多事，這一切使得原本懵懂的我，在一個夏季之後，走入了一個大人的世界。

我清楚地記得那天，我挨了父親凶暴的一巴掌，放聲哭得天地昏黑。當時，身旁忽然響起一聲柔和清脆的嗓音說：「莫哭，莫哭，阿姨帶汝去買糖仔餅。」

我的哭聲漸漸弱了，睜眼看見眼前有一位皮膚白淨的陌生女子，她正對我微笑，並牽著我的手往河堤的小店逛去。

這是我初次見到玉姨。她攜著我去買了白雪公主泡泡糖，還有一疊色紙，我們沿著河岸閒晃，口中嚼著充滿甜汁的白色膠狀物。但是回想正午發生的事，我還是委屈地流淚了。

那天是燠悶雨季結束的端午節，我與高采烈等待著拜拜結束後的盛餐。聽說屘叔要帶他的新女友回來看阿媽，一大早，阿媽、母親就忙著打掃和準備供桌。

供桌放在門口，桌下的金爐燒得正旺，家人臉上流露少見的愉悅歡慶，一向憂愁的母親也咧開嘴，眉眼笑得像一彎新月。然而，我忽然發現金爐的火焰燒到我心愛的柚子樹，

這一驚，我心痛地大哭，哭聲淒烈到幾乎是嚎叫，最怕觸霉頭的父親暴烈地給我重重一巴掌，我被打倒在地，放聲哀嚎在地上翻滾，性情暴躁的父親衝過來要踹我一腳，祖母擋住了他。當天清早，這棵我日夕澆灌的柚子樹吐放了新綠嫩芽，我曾圍繞在它旁邊，滋生大大小小的幻想，然而，它卻徹底枯死了。

對岸飄來一陣風，我的心中有一個角落像是重重闔上了；可是，有另一處窗戶，卻好似被打開。我輕輕捏了玉姨柔滑綿厚的手心，那是和祖母不一樣質感的手掌；我又偷偷用眼角看著玉姨的臉龐，她單眼皮的大眼半閉著，沉浸在南風淡蕩的吹拂中。

夏天來了，我就要升上小五，明顯地，我已穿不下姊姊轉給我的花衫。

每次看到姊姊雀躍穿新裝，我總是執拗地別過頭，藉此抹掉內心的苦澀。除了穿舊衣，我還有不同煩惱。我經常在睡夢中被一陣熱流催醒，小學四年級了，我仍然會尿床，有時甚至穿著半濕的內褲去上學，一整天，不敢和同學靠近，深怕被人聞到衣褲的尿臊味。

在課堂上，老師教到雞兔同籠時，我已陷入昏沉的白日夢。每天我提心吊膽去上學，和一群沒交作業的男生站在講臺，被老師用籐條重重抽打手心，下課後，一個人走到操場遠處揉著仍然腫痛發麻的雙手。

初識玉姨，我充滿了少有的幸福的感受，那時我十歲，玉姨長我九歲。屘叔曾交往過幾位女友，二十歲時即和一位比他年長的女友同居生子，後來這個女人離開他，並留下一個戶籍寄放在我家的非婚生子。

對保守的鄉下人這是很難堪的事，祖母只要說起來便搖頭嘆氣。但是，屘叔每天晏晚起床，仍然梳整地筆挺光鮮出門追求女友。

我們在豫溪街圳道上的簡陋竹屋，用竹籬笆隔成兩戶。在夜晚，我們一家人蹲坐在門檻聊天，門口的泥土小徑，同樣圍坐著一戶戶吹風的厝邊老少，巷口飄來一陣屠牛場丟棄的腸肚惡臭，炙悶的焚風緩慢飄襲，同時又帶來周圍池塘浸泡的死蛇腐葉的腥羶。我就在這種昏昏沉沉的甜腥中，聽著父親和二叔比劃白日在市場和人爭地盤的情狀。

不久後，玉姨搬來和貤叔同住。深夜，我被隔壁竹床震動的吱嘎聲驚擾，或是聽到時高時低的喘息聲。夢寐中，大弟把腿壓在我的小腹上。初夏的屋外，有野貓求偶的嘶叫聲，還有那整夜擾攘的蟬鳴與青蛙的咯嗚聲。有時臭青母會從縫隙鑽進來，嚇得我不敢在黑夜走下眠床。

白天，貤叔和玉姨去看戲時，玉姨總是不忘招呼我一起去。戲院中場休息時，玉姨為我買一根冰棒，我吸吮著冰涼的有色糖水，回到銀幕前，瞪著日本電影中的小林旭油亮的西裝頭。

其實，貤叔並不喜歡我。我在家族中，原本就是個被忽視的孩子。相對於大姊的口齒伶俐或大弟的白胖可愛，我個性彆扭，像隻不討喜的麻雀。

勢利眼的屘叔從來沒有正眼看過我，反而是玉姨特別疼惜我。她從台北來，常會為我買一本圖畫書或買一盒粉蠟筆，這樣的特殊待遇使得姊姊和弟弟內心極不平衡。

一個風狂雨驟的晚上，我被隔鄰的悲淒哭聲驚醒。昏暗的五燭光下，一條暗影倏地出現在床頭前，頭髮披散的玉姨跑到我的鋪蓋上，我看見她軀體發抖，臉上是未乾的淚痕。

屘叔在隔壁大聲咆哮，呼叫玉姨的名字，玉姨裝作沒聽見。大熱天，她抓著一條薄被厚實地包裹著頭腳。猛然地，木門被用力踹開，穿著短褲的屘叔衝進屋內，掀被抓起玉姨的臂膀，就如拉扯著一頭嚎叫的牲畜。

這一幕讓我驚嚇極了，我不曉得發生了什麼事，也不明白屘叔為何要如此對待玉姨。傍晚回家，我看到玉姨雙眼紅腫得像大顆荔枝。那幾天，玉姨失去了笑容，屘叔似乎禁止她踏出房間，我只有悄悄地從牆壁縫隙窺視玉姨，同時內心被焦灼不安所充滿。

在一段時間後，瘂叔和玉姨又恢復說笑，不過，我注意到玉姨的雙頰不復從前光亮紅潤，臉色有一點病黃。

一天黃昏，玉姨捏著小錢包，呼喚我陪她去河堤散步。我開心地跟隨她，在瘂叔的注視下，我們牽手往河岸走去。

玉姨露出淡淡的笑容，一陣風將她的捲髮吹往右側，我注意到玉姨有細長的頸子，白皙的她真像畫片上的女明星。

走著走著，天色已黑了，玉姨沉默無言，帶我跨過和台北交界的石橋。我問玉姨：「我們要去哪裡呢？這樣我們會走到台北哩！」

突然，在漆黑的街道上，玉姨攔下一輛在橋頭佇候的三輪車，她掏出一張十元台幣給我，並且細聲交代車伕把我送回小鎮的家。

在車輛機械性的踩踏顛躓中，我睡著了。等我在家門口醒來，只見到瘂叔的背影在一片暗沉的稻浪中如塑像凝固著。

玉姨走後許久的一個黃昏，漫天金紫緋紅的霞光，金沙色的強光從天頂灑下來，我在竹牆邊望到出神。忽然，屘叔的聲音從背後傳來：「矮仔比，來！」我回頭，望見屘叔騎在腳踏車上，他笑著問我：「汝敢有思念恁阿姨嘸？」我點點頭，屘叔又問我說：「有想欲去看伊麼？」我又愣愣地點頭。

屘叔載我駛過河岸，我睜眼瞧著熱鬧的街道以及川流車潮。屘叔似乎對路徑十分熟悉，最後他停住車輪。

屘叔手指巷內一棟暗色的磚造房屋，要我去按門鈴，他並告訴我，進門就可以看見玉姨了。我照他吩咐按鈴，來開門的是一個面容冷峻的中年婦女，我結結巴巴說要找玉姨，她偏頭想了一下，把門打開讓我進去。這位面容繃緊的婦人並沒有請我坐，只是往左側樓梯比了一下，我意會出是要我上樓，就落荒似地爬上樓梯。

那是屋子的閣樓，我爬上去，看見好久不見的玉姨躺在榻榻米上。她的肚皮隆起，像一顆特大的西瓜頂在身上，肚腹和樓頂幾乎貼連。玉姨午睡還未醒來，她的臉龐浮腫變形。如果不是那雙白淨厚實的手，我幾乎認不出眼前的人就是我所熟悉的玉姨。

我靜靜地坐在榻榻米另一頭，屏住氣息不敢出聲。悶不透風的閣樓使人有昏眩感，我納悶玉姨頂著大肚子要如何翻身。

屋外的霞光黯淡下來，我聽到呼嘯的風聲竄入震動的屋瓦泥縫中。黑暗中，唯有玉姨鼻梁上的一排汗珠奇異閃爍著。

我想起有一次和玉姨一起沖水洗澡，我們在廚房的爐灶前淨身，玉姨褪光衣物的身軀圓潤柔滑，她修長的雙腿間有一叢濃黑毛髮，讓我羞怯地別過頭去不敢多看。玉姨開我玩笑，拿水潑我，又捏捏我還未發育的乳頭，淡色的乳蒂在她手指觸摸下，有一種刺激、陌生的感覺在心底迴盪著。

又過一段時日，有一天深夜，尫叔敲門呼喚祖母和他一塊出門，祖母看看我，吩咐尫叔把我一起帶去。我並不曉得三輪車要駛向何方，我只聽到雨篷拍打著車身，黑夜的風灌在身上，但並沒有帶來涼意。

下車後，我們走進一戶掛有「林助產士」的屋宇，慝叔帶我們走入廊道最後一間昏暗的房門。我見到玉姨虛弱地躺在床上，上回那個沒有笑容的女人坐在矮凳上，並用嚴厲的目光瞪視著慝叔。

慝叔搓著雙手，似乎想要表達什麼。梳著包頭的祖母站在屋角，連一句話都說不出來。我看到玉姨的肚皮已消癟下來，床單上有暗色的血液滲出。玉姨看來疲倦極了，並沒有睜開雙眼。

臨走前，慝叔小聲要求婦人，讓我留下來陪伴，但是這個婦人厲聲回說：「免了！阮查某囝仔予汝睏無錢，睏价大腹肚，害我無面見公媽，汝免擱來這套！」說完，她粗手粗腳把祖母攜來的糕餅、奶粉扔出門外。慝叔露出尷尬狼狽的神情，又悻悻然地不知如何自處；老實木訥的祖母始終都未言語，我們默默踏出了那棟暗色屋宅。

自那天晚上，我有很長一段時間沒有再見到玉姨，家中也沒有人提到她。慝叔又換了新女友，我並不喜歡這個妖嬈的女人，而她也沒有注意過我。

我和同伴常去溪邊玩水，有時候也坐在河堤吹風。秋天的風，已經不再熱辣灼人，我看著對岸遠處發呆，河岸早發的菅芒已早早抽長。

不久，我就要小學畢業，升上國中。想到要面對比雞兔同籠更煩人的問題，我就害怕。不僅如此，我仍然時常尿床，如果上了國中，還常一身尿臭味，那我不如死掉算了。

有時，我會查看百褶裙，神經質地檢查雙腿內側，深恐在眾目睽睽下，鮮血流淌下來。洗澡時，我觀看自己的胸部正漸漸突起，感受到焦躁的氣息在四周奔騰。許多同學在廁所低聲談到「月經」，我深深恐懼會不會身體無動於衷，月經始終不來。

隔年冬天，聖誕節前夕，我意外收到一張從日本寄來的賀卡。卡片沒有發信地址，只有祝我學業進步的短短話語，最末署名：「玉姨」。我用雙手捧著這張卡片，貪婪地一看再看，這張印有雪景松林、紅牆白瓦的耶誕卡，是我平生首次收到的卡片。

當我升上國二，月事已如潮水固定湧來，慌亂緊張中，我走入青春期。每天，我揹著過重的書包上學，唯一慶幸的是，終於結束尿床時期。一天我走出校門，低著頭一路踢石子玩，忽然前頭有似曾熟稔的聲音喚我：「阿米！阿米！」我抬頭看見玉姨站在前方搖著手。

「玉姨！」我奔跑前去，不敢相信她竟然出現，「玉姨！我以為再也見不到妳了！」她笑了笑，並沒有多說什麼。玉姨牽著我的手，帶我到校門口的冰果店吃剉冰。在吵嚷的冰果室，我觀察到玉姨形貌的改變。過去玉姨並不化妝，但眼前的她不僅描眼線、塗口紅，雙手還塗上粉色指甲油。

玉姨穿著一件寶藍色線衫，V型的領口露出白皙隱約的乳溝。我望著她，感覺有些迷惑。我們並肩坐在冰果室，我想問玉姨，那個嬰孩在哪裡，但是，我始終鼓不起勇氣開口。

「妳阿媽好嗎？」「阿媽很好，頭髮又白了一些。」我想告訴玉姨，屘叔已經搬走,他和新女友住在小鎮另一頭,不過,我忍住把話吞回肚裡了。

那個傍晚結束後,我沒再見到玉姨。如果不是那張卡片以及她送給我的一些小禮物,我甚至不確定有過玉姨這個人存在。

玉姨走入我的世界,帶給我孤單的成長一些露水,使我不致枯萎。因為她對我的注視以及一些輕拂,使我受壓抑的生活得到舒緩。

然而,因為玉姨,我又過早經驗到一個女人的真實處境是多麼不堪。其實不管是玉姨、母親或是我,我們總是小心翼翼活在男性的陰影下。

當我追憶那個鬱悶無風的午後,玉姨那幾乎頂到閣樓梁柱的碩大肚腹,彷彿重壓在我身上,使我不斷要逃脫做為一個女人的慾望與桎梏。

我知道,對於一些人事,我撞見太早,成為我人生的暗影。成長過程所見生命的殘酷掙扎震撼了我,使我離棄一條女人的宿命道路,轉而徘徊在背反的一條虛線上。沒有人能回答我,這是幸抑或不幸。那個記憶中永遠白淨細緻的玉姨,已經成為青春的幽魂,不斷不斷在心底深處召叫我,成為我惘然的苦澀。

# 失去的地方

我看見一座城鎮，從煙塵中浮現愈來愈清晰的形貌，小鎮的骨架、肌理、氣味又再度從記憶中被召回。

我望見十八歲的自己坐在一輛摩托車上，前座是一個瘦削悒鬱的男子，他騎著這輛老舊的野狼一二五，走往九彎十八拐的北宜公路。這輛二行程行駛中冒著黑煙，就如罹患慢性阻塞性肺炎的人，經常要停下來喘氣。他沿途騎騎停停，經常要下車檢查火星塞、離合器，再重新發動。轉彎時他傾斜車身，讓我覺得要飛身彈射出去。我一路緊抱住他的腰部，他的身軀單薄，我雙手環繞還可以扣住十指，猶如抱著一棵單薄的筆筒樹。

北宜公路沿途冥紙紛飛，如翩翩蝶翼，有時會隨風擦肩而落，令我心頭難安。不過，我們終究平安停佇在北宜公路終點，那是這趟旅程最迷人的時刻，從高處觀望靜靜的蘭陽平原，以及那波浪輕打的海岸線。在疲憊繃緊中放鬆，我駐足望著這片陌生的無際田野，心中奔騰各式想像。

我們很快再度上路，這一回放空檔下坡，老機車滑順前行，兩側是翠綠的杉樹林，我的內心泛起欣喜。在迎面颯颯風沙中，我們終於來到他出生成長的小鎮。

他的父親是水泥廠的工人，母親是俐落的婦人，操持家務外，還在前廊開著一家小飼料行。這座幽黯的舊磚舍，泛著陳年霉味，空氣中混合著雞鴨飼料的氣味。他的母親可能因為長年不愛笑，臉上有刻鑿的法令紋，這尤其添加我與她之間的距離。他的家以及他的母親形成了一股巨大的壓迫感，讓我迫不及待想逃出這間屋宇。

他看出了我的窘迫，問我要不要到小鎮逛逛。我鬆了一口氣，快步轉身，一路漫無方向走去。我發現這是一座醜陋乏味的城鎮，眼目所及無一處可人的風景，盡是破碎的街道、難看的市招加上貧乏有限的店面。不論從哪個角度都可看到的水泥廠龐大的身影，就像一頭大怪獸張牙舞爪壓迫著這個小鎮。

小鎮的人群擦身而過，並不對我這個意外的訪客顯露好奇。他們似乎相互濡染，臉上都是經過極度憂苦所轉化的漠然表情。他們的步履緩慢，是一種接近停格的腳步。烈日下的街道靜無聲息，只有超載的大卡車不時呼嘯而過，打破這窒息的沉靜。我走到一條巷弄，看見日頭的光影斜照在對面的灰泥短牆。一個眼神失去焦距的老人蹲在牆角，他嘴角流涎，頸脖、衣衫已經濕了一大片，老人卻彷如未覺，只是間歇傻笑著。我有一點好奇，他是不是從兒時就蹲在牆邊度過這漫長的人生。

我又沿著記住的路標走回他家，在走近一袋袋飼料圈圍的走道間，我聽見他和母親劇烈爭執著。之前，他曾經對我說，這次回家，除了讓他的家人認識我，最重要的目的是遊說他母親抵押老房子，做為生意的周轉。這份微薄的房產貸不了多少錢，況且，他們家有五個兄弟，過得了他母親這一關，兄弟也未必同意。我尷尬地杵在門外，難以決定要迴避母子衝突的場面，還是進門喝一杯水。很快地，他們發現張望的我，爭吵聲停了下來。他的母親看著我，怒氣未消地嘟著嘴，並未熱絡招呼我，甚至沒有為我這個客人倒水。我喉間充塞沿路的嘔吐穢氣，胃中酸水翻騰上來，渴望早早離開這間堆滿長年怨懟的房子，以及這處被推擠到邊陲的城鎮。

他是一個敏感的男人，察覺了我的難堪，很快牽起我的手走出去。他示意我坐上二行程，慢速騎著，我感覺他似乎在用眼睛搜尋前路市街所包含的記憶。

他載著我，來到一處古舊的清水混凝土建築。眼前幽黯的穿堂襲來一股冰透的寒氣，我不由自主地打了一陣寒顫。不過，這一回他開心地笑了，五分鐘前他那張被怒意扭曲的臉，線條柔和了起來。他描述童年時，每天最愉快的時刻，就是趁著父母午睡時，來這處公共浴室泡冷泉。他和玩伴在池中相互潑水推撞，即使引得大人喝斥，還是照常嘻鬧。又說，那時水泥廠還沒蓋起來，「小時候的泉水真是透心涼啊！」他離家多年，冰鎮過的感覺仍然寒涼。

我隨著他，踏入水泉中，寒意沁入骨髓，那是我從來沒有經歷過的冰冷，就連往後，我在陽明山所度過的許多寒冬，也沒有那麼冷峭。我幾乎忘了，屋外是盛夏，走出公共浴室，還會有一段揮汗跋涉的歸程。那天黃昏，我們又坐上二行程，發動前，他蹲下來檢查油管，然後起身和廊下的母親說再見，他母親淡淡地回應。在煙塵中，我回頭望見他母親苦澀的臉龐和漸漸模糊的身影。

回家的路上，天色漸暗，老野狼不堪重負，時不時斷氣。在荒山公路上，他不斷停下又重新發動，總是要折騰十幾分鐘才能再上路。忽然，他察覺油量好像不夠，再一次停下打開油箱，晃動車身並側耳聽聽存油稀薄的聲音。我在後座擔憂著，萬一摩托車拋錨或汽油用光了，在這條飄飛著冥紙的公路上，如何回得了家？

我認識他是在公館的街上。十七歲的聖誕節前，我和小文在夜市擺地攤賣聖誕飾物，而他在附近剛剛開了一家禮品店，正在尋找貨源。他發現我們的飾物賣得便宜，花樣又多，就邀請我們到他店裡談談。小文和我爬上禮品店的樓梯，看到一排排當季的聖誕卡，我們彷彿發現了一個為少女量身的世界。小文比我還興奮，那一夜，我們兩人在禮品店逗留到打烊，也對這個滿臉苦相，年齡大我們一截的人感到好奇。那一夜，我記得禮品店的鐵門拉下後，他帶著我們走在人煙稀少的街道上，我的心漲得滿滿的。青澀的我對世界充滿想像，眼前的這個男子，是第一個對我微笑的男人，他牽動了我對一個陌生境域的幻想。

他一步步領我走入他的生活，並且帶我走進一個我所不解的領域。聖誕節過後，我看到堆滿如廢紙的聖誕卡存貨，以及隱藏在那間夢幻禮品店背後的現實。交往的那些年，在聖誕節前，我總是隨著他坐上摩托車，趕著到印刷廠包裝卡片。假期過後，必須到各處的書店、禮品店結帳和清點過季卡片。退貨的卡片有的被劃上紅線，有的被摺角汙損，連祝福都是折舊的。他面色愁苦，載著一箱箱卡片搬上搬下。接下來印刷廠頻頻催帳，他則拖延躲避。起初認識他，我期待有一處可以遁入其中的樂園，逃脫原來的壓力及綑綁，可是，我卻跌入了一種更令人窒息的生活。

那些年糾纏的聖誕節噩夢，終於在分手後結束，我也由一個懷抱初夢的天真少女，長成一個嚐到情愛辛辣的女人。此後多年，每當冬天來臨，街頭的聖誕燈火輝煌，我就會沮喪到心神困頓。那一季季隨圓盤印刷機滑落的賀卡，在夢中漫天飄舞，不斷擲落在我身上。我經常重複做著趕印聖誕卡，或是聖誕卡賣不出去的夢。我也夢見他發不動摩托車，在黑夜推著車，兩人走在一條暗路上。

之後，我又經歷了幾回的戀愛。我看待愛情猶如命運的錯置，在人生的棋盤上，白子黑子被一雙看不見的手反覆撥弄挪移，也許只是一場遊戲。那些戀情不見得比初戀更好或更壞，最重要的是，我學會了避免自我傷害。隨著時間的推移，我已久久將他遺忘，甚至忘了他的形貌。那些年歲和他共處的過往，就如一卷報銷的空白底片，許多強烈記憶，我都刻意令其曝光，同時，我也變成了一個表情木然的人。

多年後，我認識一個住在後山的朋友。假期中，我搭長途火車前去探望，途中，火車經過這個有冷泉的小鎮，突然，我的心一陣躁熱，只盼火車快飛。

火車交會，這列車暫停在這個有著機械怪獸的小鄉鎮，我看見水泥廠的龐大廠房和挖禿的半片山。來不及細想，驀然，我的內裡被劃了一下，那是未癒的傷疤嗎？我想起，最後一次來到這座小鎮，是因為要參加他父親的告別式。他的父親在搬運灰泥時，被一輛運泥車輾過身體，當場死亡。消息傳來，他又用那輛坐墊露出海綿的二行程，載著我噗搭噗搭上路。

其實，追索記憶，不愛笑的這家人，還有他，恐怕我都不曾真正認識。我太小，他太老，即使交換過體溫，我們仍屬於不同世代。年輕的我，如何能理解這座灰撲撲的城鎮所凝結的生命質地。

列車停在小鎮的鐵軌上，從車窗望去，我依稀見到遠處那家飼料行的屋頂，聞到飼料夾雜著屋內塵灰的霉味。一家的屋頂鴿舍衝出一群紅眼灰身的鴿子，睜著骨碌碌的眼睛瞅看這個世界。我忘了全身浸入冷泉是什麼滋味，然而，那個日頭曬人的街道，那群面無表情的路人，印象中仍然鮮明。那座安靜的公共浴池似乎就在眼前，潑灑冷泉的聲音在一個午後迴盪。我來不及張望，汽笛已響，匆匆一瞥，我拋下這個灰暗水冷的他的小鎮。

# 我父親的賭博史

元宵節那天，母親打電話來，要我回家吃湯圓。母親怪我過年不回家，一個人在外，沒年沒節的，像孤魂野鬼。「十五眠攏是要歸家伙團圓」她說。

我捱到黃昏將近，才回老家。遠遠地，我望見小鎮的短街一片燈火通明，街上豔橘色招牌的「猛」檳榔攤門前，秩序整齊地排了兩列隊伍。我十分訝異，何時小鎮的檳榔人口膨脹地如此之快？

這時，隊伍中一張熟悉的面孔忽然叫住我：「阿米！阿米！汝轉來囉！」原來是父親夾在人陣中「阿爸，汝佇創啥物？汝啥物時陣開始食檳榔啦？」

父親回說：「毋是啦！汝無看到逐家是咧排隊簽樂透，這擺若是中頭獎，獎金歸億哩！」父親的臉龐煥發光彩，嗓門中氣十足。我看著排隊人群，有像父親一樣的歐里桑，也有穿著時髦的小姐，還有提公事包的上班族。樂透果然是全民運動，難怪父親排隊買樂透，就像等待捐血救人，充滿了一生少見的正當性。

樂透是父親賭博生涯的顛峰。終於，他不需要閃閃躲躲，迴避家人的指指點點，可以光明正大地每週賭上兩次，滿足於億萬富翁的美夢。一個終身賭徒也能修成正果，我只有甘拜下風。

從遠方吹來的風，尖峭刺骨。我沿著暗巷踱步，忽然不想那麼快回家。我轉向小鎮的河堤，蹲踞在河岸上，朝水面打水漂，一顆顆石子打碎燈火幻影，我的思緒載沉載浮，飄散在無垠的暗夜中。

其實，我與父親的關係從來就沒有鬆解過，甚至有五、六年不說話。從我十五歲離家出走，發誓永遠不再回來，心中早認定沒有父親的存在。我對自己說，就算他死了，我也不會為他掉眼淚。

所有的故事，都和他是一個賭徒有關。

根據母親的追溯，生長在窮鄉雲林的父親，家中務農，農閒時就常看著大人揉乾草做鬮對賭，而性格悍烈的曾祖母，是農村中少見嗜賭的女人。父親以賭博搏一生，道來還有點家學淵源。

從小，我就從親族的口中，聽說許多父親沉迷於賭博的故事。我五歲那年，失智的祖父和父親發生衝突，兩人動手互毆。祖父爬上神明桌，扯下神主牌，喊著要扔進河裡，口中並不斷怒罵父親是敗家子；父親則抄起矮凳，要追打瘦骨嶙峋的祖父。我記得祖母在神桌旁哭著罵父親「夭壽啊！」我則被這一幕嚇住了。

後來，聽家人反覆敘述，我始知祖父憤怒的緣由。祖父母出身貧農，戰後在三七五減租條例下，分得了兩甲地。父親是長子，一心羨慕台北城的生活，他又厭棄農作，就說服祖父變賣田地到台北發展。

兩甲地換來一布袋的紙鈔，十七歲的父親揹著一袋錢上路。結果在路上看見人家聚賭，他把一張、兩張紙鈔押上去，賭興愈來愈熾熱，被人帶進三合院圍賭，一天一夜下來，整布袋的紙鈔全輸光了。

年幼時，我就常見父親和鄰人頭碰頭賭四色牌。那時候，常常滿地散落四色牌，小孩常會撿到一落不成套的將士象或車馬砲，我也學著把牌捻成扇形排在手心，和鄰居小孩捉對廝殺。遊戲時，我心中充滿恐懼感，害怕會被警察抓走。

父親也曾在市場賣魚，午市收攤後，他經常顧不得一身魚腥味，就和幾個粗野的男人賭起骰子。他大喊：「十八啦！」隨即死瞪著碗公內滴溜轉的骰子，一直是我童年清晰的影像。

父親忙於賭博，母親忙於懷孕生產，這兩者有何關連，是我開始懂事時好奇的問題。

母親的個性猶疑怯懦，常在深夜和父親爭吵啼哭。我七歲那年，母親懷著二妹，一夜，她羊水破了，自己收拾好幾件換洗衣物，準備去產婆處生產，臨行卻發現積攢的現金不見了。那時已經深夜，紅著雙眼的父親才踏入家門，母親忍著劇痛，質問父親是否拿了她的生產費，父親不承認也不否認，只是埋頭鑽入被窩。母親一手摀著膨脹的肚皮，一手抓著父親的頭髮，哭喊著要父親把錢吐出來，父親沒衡量輕重，出手一把將母親推倒在地，我們四個小孩則哇哇哭成一團。

父親是否知道他是一個有九個孩子的人？他又是否認識過我們每一個孩子？我想，他對鎮上賭場的熟悉程度也許更甚於我們的家。

成長過程中，我和姊姊經常扮演偵探的角色，兩人常偷偷尾隨父親的腳蹤，打探他在哪個賭場出沒。在四色牌沒落後，父親和人賭十三支或是賭梭哈，他出入的賭場有家庭形態的、也有專業規模的。我的印象中，無論大小規模的賭場，都是全天候營業，同時供應飲料、點心和毛巾。

原本母親指派我們兩人盯住父親，是指望在父親贏錢時，我們可以先收下一些鈔票，抓住弟妹的奶粉錢。可是，我們兩人在煙塵瀰漫的賭場，吃著賭場的點心，常常看到發呆，等到父親輸光最後的鈔票，才想起母親交付的任務。

父親也有贏錢的時刻。天色發白時，父親像上夜班回來的人，拎著一大袋吃食，鬧哄哄地將一家人吵醒，我朦朧著睡眼醒來，看見父親灼亮的一雙眼，他從口袋掏出一堆揑皺的紙鈔，每個小孩分到五十、一百元不等的紅包。

父親除了賭錢，他也喜歡買愛國獎券，祖母生前常叨念說，「汝阿爸如果按博筊价買獎券的錢疊起來，買三間厝攏猶有賰！」

好賭的父親非常迷信。他認為出門賭博前，家裡小孩啼哭，十分晦氣；買愛國獎券時，他會抱著家中幼小弟妹去抽取獎券；假如遇上一個盲人不期然地遞上一疊獎券，他會整疊買下。開獎前，他不僅會將獎券成疊壓在神明桌的香爐下，還不准家人說起獎券的話題。

然而，父親十賭九輸，獎券也屢敗屢試，始終和中獎無緣。現實生活中，父親的小販行當，經常因為輸光生意本，三天兩頭歇業。那時的我，對於有一個依賭為生的父親，覺得很抬不起頭。

我的成長歲月過得十分混亂及不穩定，父親輸光老本時，我們一家人就煮稀飯拌鹽，同時像老鼠搬家，在鎮上東移西挪，租屋品質愈來愈差。因為父親的任性執迷，我家曾斷糧過三天。十二歲那年，我一直繳不出學雜費，導師以為我故意找麻煩，命令我上課時罰站，錢帶來了才能坐下。那時，母親回鄉向兄長求助，留下一群孩子在台北。我們最小的弟弟四個月大，母親囑咐我們為小弟換尿布、餵奶。但是，當母親回家時，卻發現小弟尿片發臭，兩手抓著一堆黃濁物，哭嚎到臉色發紫，沒人照顧。母親非常心痛，發狠將小弟送人領養。許多年後，談起這段舊事，她沒有怪父親，反倒是怪罪我們姊妹沒有照顧么弟，讓她痛失一塊心肝寶貝。

我漸漸明白，自己鬱沉的性情其來有自。我出生前，父親就已沉迷於賭局。出外人聚居的半下流社會，賭博是街坊習見的風景，所以，我並不明白賭博是一種罪惡。

到了對父親的賭深懷羞恥感，是在十三歲。那一年夏天，長年流連賭場的父親壯起膽子，暗地在家中抽頭聚賭。不分日夜，有一大群陌生人出入我家，有肥胖的歐巴桑，也有戴一排假牙的老婆婆，還有面孔凶惡、口嚼檳榔的男人。

那段時期，流浪在外的祖父剛好被尋獲回家，他排泄失控躺在賭場的隔壁房間，日夜呻吟著。當時，成日充滿幻想、心思敏感脆弱的我，處在人聲雜沓、晨昏顛倒的環境中，我的內心十分不安。

終於有一天，一群早已盯上我家的幹員深夜破門而入，將父親及一群賭徒抓去分局，結束我父親的抽頭時期。我們焦急地四處奔走，想辦法保釋我父親。當我和母親、姊姊到分局刑事組看父親時，親耳聽到訊問幹員刑求父親，踢得他像豬一般嚎叫，我非常驚駭。我還未踏入成人世界，卻已撞見一個酷烈的體制。

父親在拘留所蹲了三天後回家，忽然拿起掃把開始打掃房子，從客廳掃到廁所，又由一樓掃到二樓，我們八個孩子瞪視著他，像是看到一個陌生的怪物。父親自言自語說：「毋博了！後擺毋博了！」

暗夜的溪水聲如此響亮，沖刷著我的思緒，使我從追憶的舊事回神過來，我忽然驚覺那些事已經非常遙遠了。

父親是否真正了解，我們背負了他做為一個賭徒的代價？往日純真的我，並未真正意識到，父親好賭帶給我們的苦痛。我只認為，身為家中較長的孩子，對於家庭經濟，我必須背下責任。所以，我來不及長大，心態上已經是個小大人，總是希望幫忙家計努力賺錢。

小學畢業，父親並不打算讓我繼續讀書，我也懵懵然，心中只想著要賺錢。同學們去學校上新生訓練，我卻在巷口賣鳳梨湯。

就讀國中時，清早，我在學校訓導處當工讀生，下課後，同學忙著補習準備聯考，我卻看守著飲食攤，在街心一瓢瓢舀四神湯，忙著洗碗、數錢，聽著鎮上唱片行播放的流行曲一遍遍的吶喊。

有時，在有陽光的下午，我走上河堤枯坐，望著河水倒映的雲影，模模糊糊想嘗試和自己對話。我的心彷若被鉛石緊緊壓著，又像是被無數絲線緊綑著，動彈不得。

我國中畢業那年，眼睛已經瞎了的祖父，有一晚從二樓摔下。全身僅剩皮包骨的祖父，在病床上拖延一個月後，終於結束他痛苦的一生。

父親三兄弟在討論後事時，為費用如何分攤爭執不休。當天，父親從二叔的家回來，神色茫然憂傷，聽他喃喃自語，「如果拿不出棺材錢，會讓親族永遠瞧不起，叫兄弟一輩子看輕了。」

那一年，姊姊十七歲，我小姊姊兩歲。我們兩人陷入父親的苦惱中。我們並未細想，為什麼身為成人的父親借不到喪葬費，只是急著想辦法籌錢。那是我這一生，第一次開口向人借錢。我跑到熟悉的同學家，向她父親借了五千元，姊姊也做了相同的事。

當我把錢交給父親的那一刻，我自己被一種滿溢的責任感，拉抬到和父親平起平坐的位階。父親面無愧色地收下了錢，他也沒有問我，錢是去哪裡借來的。

祖父的棺木放在客廳，家中的氣氛騷亂，但我卻自覺踏入人生另一個階段，內心不是悲傷，而是一種長大成人的喜悅。

有一晚的家庭氣氛有些詭異。祖母和母親在祖父遺像前燒香、喃喃低語，祖母的眼眶泛紅，時而坐在板凳上哀嘆。我以為祖母是過於哀傷，不知如何勸慰她，只有默默地陪在她身旁。我沒有留意到，父親又是一夜未歸。

祖父遺體擱放在廳堂的第三日清晨，父親惺忪雙眼回家，他從口袋掏出大把鈔票，向祖母及母親敘說，一定是祖父顯靈保佑他，父親用得意口吻說，原本他已經在賭場輸到剩十塊錢，連再摸一把的賭本都沒有了，但是，他就是不信邪，老天爺會狠到罰他把老父的棺材錢輸光？在他半哀求下，莊家給他一次機會，十塊錢賭最後一把。父親連比帶畫，說得口沫橫飛，「無想到真的贏了，我就繼續加倍押落去，一定是天公庇佑，還是阿爸顯靈，最後還倒贏五萬箍。阿爸未入土就遮爾靈，後事辦了，厝內擱有生意本了。」

「毋博了！毋博了！後擺我攏毋沾笅了！」父親像念咒，再三反覆這句掛在嘴上多年的話語。

祖母和母親隨即燃香，在祖父靈前禱告，感謝祖父有靈，帶領父親保住這筆棺材本。父親、祖母及母親比手畫腳的這一幕，撞擊了我的心靈，我如夢初醒，原來，父親是如此醜惡的一個人。我開口去向旁人借錢，來支祖父的喪葬費；而，我父親竟敢拿這筆錢，去向命運豪賭。假如他今天灰頭土臉、兩手空空回來，那會是什麼場面？

眼見父親拿棺材錢去賭，我憬悟到，父親這一生是沒有救了，這一幕深深地刺痛了我，同時，我告訴自己，我要走自己的路，不要拿這一生跟著他陪葬。

那一刻，我很想嚎啕大哭，但是，我的眼睛卻是乾澀的。我沒有人可以訴說，只有一個人走往岸邊，在濕潤的草叢中失神地來回走著。那是青春期的末尾，我徬徨無助，了解前面橫亙的將是孤獨的長路。我回想過往紊亂的成長年月，我們經常因為付不出房租，被惡聲惡氣的房東趕著搬家，我總以為是天地不仁，惡房東缺乏愛心。父母為錢永無休止地爭吵、大打出手，在飢餓的孩子面前演出，而我七歲開始，就自願放棄玩樂，打零工賺錢。

父親經常溜去賭場，把營生的攤位丟給我。有一次因為我偷懶躲在書店看書，沒有去照顧攤位，心虛躲著他，沒想到在一條暗巷被逮個正著。暴怒的父親抄起一根木棍痛毆我，我跪地哭喊：「阿爸！我毋敢了！我後擺毋敢啦！」可是父親仍然沒有鬆手，一直到我喘不過氣，行將昏死，他才丟下我離去。我在一盞昏暗的燈下放聲大哭，感覺到身體和意識似乎分開，一輩子也合不攏了。

祖父安葬後，父親依然沉迷賭局。那時，我已經國中畢業，輟學待業。

有一天在睡夢中，又被母親的哭聲驚醒，父母相互搶奪一筆會錢，兩人出手互毆，小我一歲的大弟性情暴躁，忽然衝去廚房拿一把菜刀，要砍殺父親，父親目露凶光，動手奪刀並啪一記給弟弟一巴掌。我猛然從床上躍起，對著父母怒吼：「恁們為啥物毋去死？恁們死了了上好，也免得害囝兒序細舉不起頭。」當下，父親矛頭對向我，拿著菜刀要砍我，我氣得發抖，但是卻愣在床上，腦子一片空白。母親和弟弟擋著門，避免父親衝進來砍我。我並不確知父親是否真的敢動手，但我內心狂怒畏懼交加，來不及細想，我從二樓陽臺往下跳，跛著腳跑去同學家求援。

我生長的小鎮升格為市，土地寸土寸金，河岸的野草早早剷除殆盡，劃為颱風時淹水的停車場。

父親及弟妹仍在鎮上遷徙移居，果然如我所料，他並沒有戒賭。在我離家求生存的歲月，父親又歷經了大家樂、六合彩時期。如果身上有錢，他也仍會鑽進家庭賭場小搏一番。

我和父親許多年沒有說話，每年春節我也不回家。弟弟妹妹長大後，和我一樣很辛苦地討生活。做為一個二姊，我放棄了家庭責任，漠然地冷眼旁觀他們。

那是什麼樣的心態？我難以言詮。我害怕龐大的家累會再度壓得我透不過氣來，我賭氣地認為，如果我能活過來，為什麼我的弟妹不能熬過來？然而，每到夜深，我捫心自問，卻被一股愧疚感逼迫得痛苦交加。

我成年後，因為年齡差距，在弟妹群中有特殊的說話權威，弟妹仍懷著幼時記憶而敬畏對待我。有時，我也成為家庭紛爭的仲裁者。

有一次，二妹氣沖沖地打電話來，說她幫大弟作保，結果害她被法院通緝，要繳交二十萬元罰款，要我回家幫忙處理。我回到父親的陰暗潮濕的租處，衰頹的父親蜷縮在長沙發角落。他穿著久未換洗的發黃汗衫，就像萬華街角的棄民；失業多年的大弟坐在他身旁，兩人形貌十分近似。

那一夜是大年初五，分散四處的手足都回到家中。妹妹指著大弟痛罵，她的囂張引發父親不快，形貌猶如枯草的父親，忽然激動地指責妹妹。當下，我感覺腦門充血，記憶的黑盒子瞬間翻倒出來，內心痛如潮水翻騰。那一刻，我完全失控，指著父親，對他拍桌大罵：「一間厝內離離落落，汝敢無責任？」

衰老的父親形同被刺傷的老虎，猛地從椅上彈起，出拳要揍我，母親及姊夫、弟妹拉住了他。拉扯衝突中，父親打不到我，但卻清脆地賞了母親重重一巴掌。我的憤恨如怒潮狂湧，在沒有多想的狀態下，我忿然抓起板凳，狂怒著要回手，並破口罵父親：「廢人！汝一世人有啥麼路用？汝為啥物毋去跳淡水河自殺！」「汝除了打阮老母，汝兇能創啥物？廢人、糞圾！」

我在激動的痛罵中，被姊夫架離現場，這一場暴烈的公開叫囂讓弟妹驚住了。在弟妹眼中，我一直是溫和冷靜的人，沒想到我會爆發出對父親那麼直接、巨大的憤怒。

事後，我陷入深沉的自省中。一度，我以為時移事往，過去的都已經過去了，然而，原來我心中的糾結那麼深，如果不是因為遷怒父親而爆發出來，我仍不知道我對父親的痛恨那麼強烈。那次事件發生後，妹妹傳回消息說，父親在姊弟妹面前變得更加畏縮，有一段時間，他似乎了無生趣，我聽了覺得不忍，但表面上仍無動於衷。

幾個月後，父親宣布他不再吃葷，為了修行，他要吃全素。年老偏執的父親，說要吃素，就連炒過豬肉的鐵鍋都不能炒青菜。而老年有兒女做靠山的母親不理會他，父親變得餐餐只有買素食便當，天天過著如野戰的生活。

不過，父親仍未放棄做一個賭徒，每週二、週四照常簽六合彩。幾十年了，瞎貓總算撞到死老鼠，父親簽中一次三星，賺了九十多萬，那一刻是父親一生難得的光彩時刻。

除了留下賭本，父親不僅辦桌宴請親友，還大方地分給每個孩子五萬元。姊弟妹都收了，姊姊悄悄對我說：「阿爸家己覺得虧欠咱真濟，伊想講分錢是對囝仔有個補償的機會。」希望我收下父親的彩金。

但是，我拒絕了。我恨父親嗜賭，至今，我仍認為如果不是他好賭，我們兄弟姊妹不至於那麼辛苦慘澹地活著。在宴席後，父親拿著一疊厚厚的紅包，訕訕地對我說，從前，他要養那麼多小孩，生活壓力很大，總是想一夜致富，沒想到這一生愈陷愈深。不過，我自以為硬氣，不但沒有接受他的錢，還拋下一句話，要他最好記住給自己留一點棺材本。

我的決絕終究傷了父親的心。從前我以為父親體內缺乏一顆正常人應有的心；如今，在父親眼中，我是個冷酷的人。他向母親怨嘆：「伊無血無目屎，真無心肝。伊若無我用一斗斗米飼，敢會灌風家己大漢？」是我冷酷無情嗎？我不斷問自己。我應該承認，扭曲的生長環境，使我異化成一個苛於責人的批評者，朋友總是嘲諷我「不但反省自己，還要反省別人。」

對岸成排的路燈，幻化成河中閃爍的光影。我低頭踱步，並不很久以前，我曾經如此無助地在此徬徨，感覺自己是一朵還沒有綻放就要凋萎的花。

我想起許多濕淋淋的雨夜，我和大姊推著超出我們體重的攤車，艱困地一步步前行，心中抖動著恐懼的萬千念頭。還有，黑巷中，父親的痛毆，我的碎裂、我的不安。

也許，父親從來不知道這些，他只是傷痛有一個桀驁不馴的二女兒，無視於他的悔罪與衰老。可是，我知道，我是用父親刺傷我的刀刃回刺他，我的報復心是那麼強烈，使我無法平靜下來，重新省視我們的父女關係。

難道，我對父親真的只有痛惡嗎？從小，家族親人都說我長得最像父親，我的濃眉、方臉都遺傳自父親，我躁烈的脾性也和父親如出一轍。其實，父親除了致命的賭博缺點，並非十惡不赦，而我為什麼無法原諒他？

我在河岸徘徊，又揀起幾塊扁圓的石子，朝遠處的水湄打去，很快，水渦蕩漾開來。我想起來了，小時候的夏天，我皮膚發癢慣性發作，父親牽著我的手，帶我去萬華喝蛇湯，那是我們兩人難得單獨相處的時刻。還有我更小的時候，父親騎著三輪車，載我過橋去古亭收驚；我發高燒，他親抱著我去看病。

年輕時的父親濃眉大眼，面容十分出眾，就像電影明星楊群。鄰居小孩總是羨慕我有一個英俊的父親，那時，我是喜孜孜的，深以父親為榮。我終於追索到，內心深處對父親幽微複雜的感情，其實，我愛父親甚於母親，然而，父親的人生如此不堪，他一步步往後退、往下沉落，甚而，他差一點要拉下我走入他沉淪的世界，令我難與他認同。因為，他辜負了我對他的期待，我的痛苦才如此之深。我對父親的情感使我更不能原諒他的意志薄弱，但那也是我性格最脆弱的部分。我必須承認，雖然我不賭博，但我仍遺傳了父親堅強的賭性，我動不動和人打賭，在工作上也常過於躁進冒險。

站在河岸長堤，我回望遠處的低矮平房，那窗口飄動的燈火，似乎在對我傳遞某些訊息。

如今我活到當年父親的年歲，那是人生的盛年，而父親已衰老無力，苟延殘喘活著。我是否在複製幼時父親給予我的傷害？甚至加倍痛擊父親？事實上，父親即使天天買彩券、出門賭錢，也都和我的生活無關，不會再對我造成傷害。父親嗜賭一輩子，那是他生命的局限。相對地，因為他的挫敗卑微，使我儆醒得那麼早，沒有踏上他的覆轍。父親是人生的負面教材，但無法否認，他還是我生命基石的一部分。

我並沒有原諒父親，因為他的生命是那麼醜惡，同時他毀掉了我對一個完美父親的期待，還有我的青春那如小鳥飛去不再回來的年歲。我必須接受事實，那就是我不能選擇父母。許多年來，父親不也忍受著我這個多刺的女兒？

父親如今排隊買樂透的興奮，令我覺得荒唐可笑，他的理所當然，似乎在向我宣示，他一生偷偷摸摸賭博，現在終於領到一面政府發照的賭牌了。

在黑夜的堤防，我往回家的路行去。同時，我對自己說，我必須停止憎恨。父親走過台灣庶民完整的賭博史，那是他的人生，我無力改變。如今，我只能從理解那個時代的脈絡，試著產生一些對他的同情。最重要的是，我早已不是當年那個軟弱無助的小女孩。恨是永遠的雙面刃，我也必須停止折磨我自己了。

# 河岸的天光

我知道二崙鄉「鼻仔頭」這個地名，是二叔不經意說出的。五年前，二叔罹患鼻咽癌末期，我去探視他，他忽然提起，童年在鼻仔頭成長的經驗，我就記下了這個地方。

然後，去一趟鼻仔頭成為我往後的懸念，內心一直想帶父親回鄉，父親從年輕時離鄉，始終未再踏上故鄉的土地。去年夏天，回永和的父母家，我對父親說：「一起去鼻仔頭走走好嗎？」沒想到，父親激動地回應說：「我毋隨便轉去鼻仔頭。」母親在一旁，用諷笑的口吻說：「是啦！若是要轉去，最少嘛要歸身穿金衫，帶歸百萬轉去展一下。」父親今年八十三歲，離別故居逾一甲子，仍懷抱不成功絕不返鄉的誓言。

今年初，好友傅月庵、楊雅棠為編製《惡之幸福》這本書，建議我們走一趟雲林，去二崙鄉看看。那天台北氣溫很低，我和月庵在烏日高鐵站與雅棠會合，搭他的車去雲林。不過四十分鐘，車已駛入雲林縣境。出門之前，我做了一點調查，知道鼻仔頭是在二崙鄉的大庄村。我們一路問人，很快找到這個村子，這個村落景觀在台灣鄉下習見，一兩條縱橫的柏油路，一落落屋舍圈出聚落，周圍是收割後的稻田。

中午剛過，村落很安靜，進入後五分鐘，才遇到一個戴斗笠、臉蒙布巾的老婦人，我問她：「鼻仔頭按怎去？」她搖指前方說：「一直開下去，就是。」車開到盡頭，接近堤防，我們三人下車。我想起之前父親所言，早年在鼻仔頭，住在溪埔旁。我們往堤外行去，毫無頭緒地走往溪埔地，二期稻已收割，田間堆積曬乾的稻草，農人珍惜地肥，地上種有地瓜、青蒜及季節性蔬菜。

這時，我們看到一個七十多歲的農夫正在綑稻草，我走近問他：「這咁是鼻仔頭？」面目黧黑的老農嗓門極大，他回答：「對啦！對啦！」老農姓名是顏榮標，世代居此，我問他，知不知道六十餘年前，這裡有一戶姓楊的人家，認不認識一位「楊坤堂」？他說沒聽過。但他向我說明，鼻仔頭的人家原本就住在這片溪洲上，民國四十年，草嶺「發大水」，淹沒村莊，後來經由政府補助，大家才遷村。

我一念一動，即刻打電話給父親，跟他說，我人在鼻仔頭，遇到這位老農，以及他所說遷村一事。父親仍記得這場大水，也確認舊厝在此。我請老農和父親講話，顏先生的話聲飄蕩在田野中，「阮老輩古早咧撐排（擺渡），汝咁有相識嘸？」、「有喔！對啦！對啦！我卡細漢，毋識汝。」父親還記得老農的父親以及當時的同伴，他提起一兩個人名，老農說：「攏過身囉！」語末，他對著手機喊說：「若是有閒，轉來行行，甲來阮厝坐啦！」

他們對話時，我想起父親說過，「溪埔歹賺食」，他和祖父母辛勞一整年，種花生、地瓜、西瓜，賺不到什麼錢。

父親是光復後第一年的油車國民學校當屆畢業生，他提起過，國民黨軍隊來台後，有一天，忽然有一個衣衫不整的外省兵來到鼻仔頭，向他討水喝，父親帶他回家，給他喝水後，外省兵說，已好幾天沒吃飯，家中的祖母端出稀飯，煎了蛋，拿出蔭瓜給他配飯。外省兵吃飽，說謝謝走了。沒想到，半個多小時後，外省兵又領來七、八人，也比手畫腳說肚子餓。祖母就去燒火煮飯，又殺了一隻雞，拔了青菜，做飯給他們吃，並且燒熱水，讓他們洗澡，幾人脫衣時，抖落身上一堆白蝨母。之後，這群散兵千謝萬謝走了。

那一天，我走在田間，望著遠處依稀可見的濁水溪河岸，冬日的陽光穿透雲間照射下來，微風輕吹，永恆的日與月啊！我內心翻滾著，對逝去多年，看不見的祖母說：「阿媽，我來佮汝播田的土地囉。」

返回台北後，我回家看父母，說到鼻仔頭，父親問我的第一句話是：「係位的人，是毋是攏走了了啊！」我深深明白，父親仍想證明，他當年離開故土，北上討生活是正確的抉擇，雖然，他在台北一輩子也沒發達過。

父親一生自毀，也毀掉我們的家庭幸福，因為他，我從小有一種朦朧的渴望，能夠有一天創造自己的世界，我想像那是一個能帶給我平靜與希望的處所，那是屬於我的家。我帶著這種渴求，一步步踏上蹎躓的人生路。

我努力地前行，終於，在許多年後的一個夏日，那是強颱即將來臨的前一天，我走進一間無人居住的公寓，位於山間、面北的屋舍，走進去時，我即被窗外的景觀吸引，遼闊無際的視野往前延伸，新店溪像一條巨大的銀蛇往前蠕動，最末與淡水河交會入海，因為陽光及清朗無雲的天空，海河交界的尾端熠熠閃光。而河流兩畔是一座座如如不動的山，呈現不同層次的綠色。我慢慢辨識建築物，尋找明顯的地標，以確認台北盆地及邊陲城鎮的位置，然後，我看見我所成長的永和的方位。當時，我即確認，這就是我要居住的房子。

我買下這間公寓，居住至今，已過了十餘年。黃昏時，我經常端著一杯茶，坐在陽臺的椅子，觀看戶外的景色。這許多年，盆地上又增建許多高樓，也多了一座新橋。河流依舊穿梭閃爍，遠方的觀音山靜靜倚臥。我默思自己的人生變化，有時思緒飄得更遠，飄向我仍是一個無助小女孩的年代，我看見自己是如何從那個泥沼中，困頓地掙扎至今。我並不覺得驕傲，因為我知道，成長的過程，我付出許多代價，但，那是通往成熟的淬煉，我必須通過它，才能找到自由與平靜。

有時，我想到家人，逝去的祖父母，他們是我生命的根，但在某一部分，他們距離我十分遙遠，我擁有一個他們所不知解的精神世界。

河岸的天光時有變化，一年四季的寒暑風雨帶來不同的景致。我感受到長年浸潤在自然界，帶給我身心的改變，我變得沉默、安靜，且享受獨處的樂趣。

父親這個角色，已非我生命的重擔，我能理解他的一生所發生各種事件以及他的習癖的意義。當我成為一個創作者，寫出我生命的故事，經常有人問我：「你和父親和解了嗎？」對於這項詢問，我總不知如何給予一個確切的答案。我活到了後中年期，而我父親已經走在人生的最後階段，我仍須去摩挲生命的瘢痕嗎？過去都已過去，即使至今仍偶爾會困擾我。

我擁有自己的生命之河，粼粼閃動的水色陪伴著我，活到今日，我曉得，我會平和地走下去，直到生命的盡頭，而我會在此處靜靜地編織我的夢想。我想念逝去的祖母，她曾引領我在不遠處的同一條河流的岸邊，洗衣、尋找野菜、傾倒豬食，那是我人生早期最美好的時光，並且成為永存的記憶，那是她給予我最甜美的禮物，因為它，我才能堅強地走到今天。

那一回我追尋前路，找到二崙鄉濁水溪畔，祖父母耕作、父親生長之處，那時，我的內心波動著，深深感覺摸觸到，根的脈絡，那是我的來處，我帶著這份激動與喜悅回到住處，細思其中的意涵。這個發現，猶如為我的人生找到一個開頭與尾端的接合點，那種與土地的連接感何其奧妙。我深藏並細細回味。我懂得它對我的意義，那彷彿是一種洗刷的力量，也是一種祝福，我知曉，往後我會更加平穩，再大的風雨也不會摧折我，我找到了自己。

# 後記

故事仍以之字型向前延展，歲歲年年，我的家族圖像不斷變貌，有新的一代上場，取代了消亡者的位置，但是，逝者並未真正遠離，他們的離去，反而佔據我心中更重要的角落，成為我生命中最珍貴的一部分。

這項書寫是自然而然發生的，並不是為了發表或者具有企圖心的創作，在長達八年的時間，斷斷續續僅寫了十一、二篇系列散文，對我而言，更像是一種自我治療，透過書寫，我重新審視來時路，對自己的原生家庭、成長歷程所形塑的性格去細探理解。

我嘗試抽離情緒，站在遠處，去思索家庭的處境。我的父母是台灣光復十年後，城鄉流動的一代，他們沒有一技之長，只憑一股「戇膽」，就來台北拚搏。父母北上無親可依，租屋在三重埔，父親每日到台北橋下等人挑揀做工，母親也曾跟著去敲磚塊，那時候，兩人還沒有生孩子，那可能是我父母這一生短暫的愛戀時光。

祖父母、兩位堂叔來台北依親後，我母親陸續生下一個個孩子。這個小家庭纍纍結實，成為父母難以負荷的重擔。所以，當我初識人世，眼中所見的父母已經是一對怨偶了。當我從社會學的觀點梳理脈絡，我無法去怨懟父母。戰後台灣的內部遷徙，台北城是鄉下人眼中的金窟；然而，沉淪迷失有鄉歸不得，終至淪為社會邊緣者，也正是我父母這一輩的出外人。當然，也有風光回鄉的，不是所有人都像我父親如此不堪，在親人、甚至兒女眼中，都抬不起頭。

一個貧窮家庭的成因及後續影響，是一個複雜的問題。我和姊弟妹在這樣的家庭長大，我們的身上都有貧窮所帶來的烙印，折射的傷痕因人而異，有的是野心過度強烈，想要一步登天、快速發財；有的是性格中永恆的騷動不安；有的是混亂失序，在生活上缺乏組織力等。當然，貧窮所帶來的不是僅有負面，貧窮也讓我們知道，現實生活不是玫瑰色的夢中宮殿，現實生活就是你必須工作才有食物可吃、付得起房租。我那賭徒老爸是我們成長中的負面教材，因為他，姊妹弟弟多了一份儆醒。雖然和同年齡的人相比，我的手足受限於各種條件的匱乏，在社會上也非常艱辛，可是，他們屢仆屢起，總是不認輸。

我的家庭相簿影中人，最讓我想念的是祖母。我總是一次又一次地潛回記憶深處，去挖掘我們相處過的每寸時光。我在想，如果不是因為和祖母共同走了人生早期的那段路，我的性格將會十分陰暗，會對未來早早絕望。

祖母總在夢裡向我走來，更多時候，是我在夢中尋找她、呼喊她。我與祖母在夢中相遇的情景，經常是我去一個小房間看她，有時候，她身著一式淡灰色衫褲，笑吟吟坐在床上招呼我；有時她躺在床上，病得奄奄一息；也有時我見她陷於彌留狀態。我不解，為何總是那條小路，和祖母見面經常是在那個狹仄的小房間？

過去，我們的世界多麼寬廣，童年的小鎮有走不完的大街小巷，有狹長的堤岸路，有河邊遼闊的野地，供我們一老一少低頭採摘野菜。但是，我們相處的時日為什麼那麼短？從前及以後，我都有許多話想告訴她，如果她能等待我長大多好，這世界改變那麼多，她會走出小鎮，跟我去看世界！她會看見這個家族枝繁葉茂，有新的風景。

我已經很久沒有夢見祖父，我那生肖命盤二兩一的薄命祖父，曾經在我的青春期反覆以一種夢魘形式拜訪我。那是他過世兩、三年後，我總是夢見他，身體發出惡臭，像鬼魅一樣飄入我家，可是，每一次他走入的屋子都不一樣，唯一相同的是，他進入屋子就躺在大廳，動也不動，就如一具乾枯的死屍。早年，夢見祖父曾經讓我驚嚇到身體騰空彈起，汗涔涔地驚醒。

祖父並不知道他對我的影響有多深，他長年失憶，其實根本不認得我；我也不明白，那我所不敢接近的祖父，竟然是帶領我去逼視傷口痛處的人。因為他，我窺見一個從家鄉被連根拔起的人，如飄蓬一般迷失在一個陌生的城鎮。離鄉的紅字烙在他的額頭上，祖父有苦說不出，在他人眼中，他是個瘋子，是個偷鍋碗瓢盆的小偷，是個流落街頭的遊民。我年紀愈長，漸漸懂得一些事理，我就愈不能原諒父親及兩個叔叔，為什麼他們會任由一個失智的父親在外流浪，被當作罪犯追打、被扭送到警察局，被街上車輛誤撞。在憤怒的情緒下，我曾對父親說：「汝安怎對待阿公，我以後會共款對待汝。」

我的父親迷失得比祖父更深，他在不同的賭桌與職業之間流浪，在各種賭局賠上自己，也賠上一家人的命運。數算他的一生，賭博的時間比較多或是更換各種行當的時刻比較多，恐怕連他都算不清楚。

我記得，有一年他販賣西瓜，其間又因嗜賭在外流連，等到回家，堆在屋內的西瓜已經開始發爛，我看見他走近西瓜堆，捧起一個個西瓜嗅嗅敲敲，臉色一陣青白。

在我愚昧的年代，母親也是我嫌憎的對象，我厭惡她生那麼多小孩，又不知教養小孩，讓我們因乏於照顧，受左鄰右舍排斥歧視。從小到大，我就不斷看到母親掉淚，有時候是遭到父親毆打痛哭，有時候是弟妹沒有奶粉喝，有時候是面對口出惡言的房東。母親從來沒有打扮過自己，她長得矮小，早年經常穿著鄰人所送不合身的舊衣，腳上踩一雙厚底鞋，似乎隨時要撲倒。

我在讀永和國中時，有一次母親跑來學校送便當，她找不到我的教室，逢人就問，我遠遠看到她，趕緊從後門溜走了。相對我和祖母的親近，我和母親多年形同陌路，有許多年，她看見我會轉身掉淚，事實上母親從未放棄過我，並以她的方式表達對我的情感。

如何與父母和解，是我這一生的家庭作業，我知道如果不解開這些環結，我不會真正釋放內心的衝突困頓。父母也許不明白，可是，我體會他們在長年築出的高牆間尋找縫隙，為的只是表達身為父母的心意。

父親今年七十六歲，每天依然和大弟做街頭攤販，不時還要跑警察，有一回還因為被追摔倒。在十年前，他還因為賣地下錄影帶，違反三〇一條款，被送至土城拘留。農曆春節前後，他擠在霞海城隍廟前賣玩具，大年初一，他和弟弟在樂華夜市賣鞭炮，又被警察抓了。不過，父親愈挫愈勇，老當益壯，上回看到他，他十分得意從口袋掏出一張某立委助理的名片，誇耀說，除夕前憑著這張名片在迪化街做生意，別人被抓，警察卻不敢抓他。

母親的日子仍是不好過，平時她就在大妹的美容院客串洗頭，在過年前，美容院十分忙碌，七十三歲的母親站一整天，幫忙洗了七、八個頭，深夜她還趕往迪化街去幫大弟賣玩具。

今年的正月初二，家人抽空團聚，妹妹忽然問起母親「汝到底生歸个？」姊姊也幫著數。母親自己說起，大弟後面還生了一個男胎，只活了七天，說完她眼眶紅了，跑往廁所。我心中不忍，跟著去陪她，母親坐在浴缸邊沿抽泣，不知為什麼，母親反倒說起，她幼年時有一個妹妹重病死了，失明的祖母摸著么妹的額頭，怪她說怎麼沒有給妹妹多蓋被子，讓妹妹著涼身軀發冷。

母親的身上有許多我所不知的往事，因為沒有子女願意傾聽，她的傷痛都埋在心裡。雖然我們手足眾多，可是並沒有人真正照顧母親，她曾經跑去地下飲食街收碗盤，也曾在大熱天到街上賣涼茶，有段時間，她還和朋友頂下店面賣吃食。去年有一回和她走在永和路，要去夜市給弟弟打氣，路上，她數著八個小孩，有六個失業，都是做一些短暫的路邊生意，說到這裡，她搖頭嘆息：「攏是阮作父母無路用，無栽培囡仔，才予這群囡仔袂當出脫。」在黑夜裡，我看不清她的臉龐，但聽出她充滿自責。我安慰她說，弟弟妹妹雖然沒有好發展，但是至少每個人都本本分分，沒有踏上壞路途，我又說，小時候我們姊姊弟妹打得凶，可是長大之後，彼此都相互照應，這樣也並不太差。母親聽了展顏，「按呢講也是對。」

對於父親一輩子租房子住，買不起一間小公寓，母親耿耿於懷。面對母親的遺憾與生活困境，我所能做的十分有限。為父母買一間房子一直是我渴望的夢想，我在想，如果能在父母晚年，讓他們面子十足，廣邀雙方親友來入新厝，他們這一輩子將得到安慰，我也會減輕年輕莽撞所累積的羞愧。我知道弟弟妹妹和我也同樣這麼想，只是賺錢追不上房價上漲的速度，在社會浮沉的我們，工作起起落落，買屋並不容易。

其實，父母從未對我們有什麼要求，就如他們面對自己的命運也是照單全收。父母幾乎沒有主動向我們伸手要錢，反而成為弟妹賺錢的重要幫手。母親垂垂老去，歲月刻痕顯現在她的病體，母親早年有腎臟病、貧血，接連又有胃病以及我們所忽略的大小病症。當我思及父母從早歲至今，兩人的日子未曾好過，我不知道自己究竟還要責怪父母什麼。他們從未出聲抱怨兒女，反而是焦慮難安這群兒女的前程會不會像他們一般困蹇。

在今年春節的聚會，家族三代近二十人，玩起撲克牌。父母那桌玩撿紅點，我們這桌玩黑桃二。深夜兩點，撿紅點那桌散了，父母加入我們，七、八個人改玩十點半，賭金規定最高不得超過兩百元，母親說「家己刣、賺腹內」，意思是家人賭錢輸贏都落在自家身上，比較不吃虧。

我們廝殺終夜，在深夜一點，我見母親不知從哪裡摸出一支菸，點燃靜靜吸著。我隔著距離窺看她，那是我所不熟悉的母親，在一堆親人當中顯得格格不入。我嘗試摩想母親的生命滄桑，那可能是一種無人可訴的深沉寂寞，藉著吞雲吐霧，在自己體內反覆奔騰。

聚會那天，我才進門，大弟就告訴我，今年父親值得嘉獎，因為他忙於做生意，沒有出門賭過一場。那一晚夜戰至天明，大家輪流做莊，父親的牌運很差，經常拿到六點被莊家抓，其實莊家牌面只有七點，一生流連賭場的父親居然連這種小場面都罩不住了。我們一家人似乎遺傳了父親的賭性堅強，連我也相當投入，牌戲似乎永無止盡，結果是父親喊停作收。

當我玩到興頭，開始理解為何賭局那麼誘人，贏錢要撈更多、輸錢要翻本是牌桌上的鐵律，試想，在相同情境下，難保我不會變成一個嗜賭狂徒，只是我夠幸運，生活中沒有這種誘惑，才逃過賭徒的命運。父親的賭博史拖垮了三代，傷害了親人的心，而那一夜，我看出，他已明顯玩不動。牌局結束後，我回到自己的住處，整個人幾乎要虛脫，原來賭徒的日子並不是那麼容易過。事後，我聽弟妹說，父親睡了好幾天，精神才恢復過來，父親終於成了一個服輸的老人。

當我回頭凝視和父母共同走過的歲月之路，我看見那條路不僅我們同行，在周圍也有許多來自縱貫線的出外人，他們和父母一樣，都是懷抱青春夢來台北，然而在先天不足的競逐條件下，淪為社會墊底布幕。

身為庄腳人在台北的第二代，寫下了這些困頓掙扎的故事，我的發聲，是訴說一個離鄉失根的家庭，所面臨的遭遇與處境。一對卑微的夫妻如何盡力營生，養育一個大家庭兒女。故事也在描繪新莊、土城、中永和、三重埔裡面相似的家庭圖景，這是一本我手寫我心的紀錄。

二〇〇七年三月

國家圖書館出版品預行編目資料

我那賭徒阿爸 / 楊索著. -- 二版.
-- 臺北市 : 聯合文學, 2013.09

200面 ; 14.8×21公分. -- (聯合文叢 ; 568)
ISBN 978-986-323-054-0(平裝)

855　　102013459

聯合文叢 568

我那賭徒阿爸
作者：楊索
發行人：張寶琴

總編輯：李進文
責任編輯：黃榮慶
資深美編：戴榮芝
校對：黃芷琳・楊索
業務部總經理：李文吉
行銷企劃：許家瑋
財務部：趙玉瑩 韋秀英
人事行政組：李懷瑩
版權管理：黃榮慶

法律顧問：理律法律事務所
陳長文律師、蔣大中律師

出版者：聯合文學出版社股份有限公司
地址：110臺北市基隆路一段178號10樓
電話：(02) 27666759轉5107
傳真：(02) 27567914
郵撥帳號：17623526 聯合文學出版社股份有限公司
登記證：行政院新聞局局版臺業字第6109號
網址：http://unitas.udngroup.com.tw
E-mail:unitas@udngroup.com.tw

印刷廠：鴻霖印刷傳媒股份有限公司
總經銷：聯合發行股份有限公司
地址：231新北市新店區寶橋路235巷6弄6號2樓
電話：(02) 29178022


出版日期：2007年4月　初版
2013年9月　二版
2017年4月20日 二版二刷
定價：300元



ISBN 978-986-323-054-0（平裝）
《本書如有缺頁、破損、裝幀錯誤、請寄回調換》